罪な沈黙

愁堂れな

幻冬舎ルチル文庫

CONTENTS ✦目次✦

罪な沈黙

✦カバーデザイン＝小菅ひとみ（CoCo.Design）
✦ブックデザイン＝まるか工房

イラスト・陸裕千景子

罪な沈黙

プロローグ

「……っ」

がばっと身体《からだ》を起こし、ああ、夢だった、と気づいて大きく息を吐く。

今まで何度同じ夢を見たことか——べったりとかいた額の汗を手の甲で拭《ぬぐ》い、はあ、とまたも大きく息を吐くと、がっくりと項垂《うなだ》れた格好のまま暫《しばら》く僕は動かずにいた。再び横たわり夢の続きを見るのが怖かったせいである。

夢の中で僕は、苦痛のあまり泣き叫んでいる。

痛い、やめてくれ——。

比喩《ひゆ》でもなんでもなく、身体が引き裂かれるような痛みに襲われ、頼むからやめてほしいと泣き喚《わめ》いているその情景を、今まで僕は数え切れないくらい夢に見てきた。

何度か心療内科のドアを叩《たた》こうとしたが、内容が内容だけに診療を受ける勇気がでなかった。しかもそれが過去の実体験そのものであるという事実が、僕のなけなしの勇気を挫《くじ》いていた。

僕は——男に犯されたことがある。その情景を何度も夢に見るのだ。

力でねじ伏せられ、無理やり下半身を裸に剝《む》かれて後ろから突っ込まれる。皮膚《ひふ》が裂け、男が抜き差しをするたびにひりつく痛みが僕を襲った。痛みはそれだけじゃない、狭道をこじあけるようにして男が腰を進めてくるのに疼痛《とうつう》が、激しく突き上げてくるときには鈍痛が次々と僕に襲いかかってきては悲鳴を上げさせる。

早く男の動きが止まりますように——朦朧《もうろう》とした意識の中で、僕はただそれだけを祈る。いくら、やめてほしい、お願いだと懇願しても、男の動きは止《や》まなかったので、もう、天に祈るしかない、そんな気持ちだった。

どうしてこんなことになってしまったのか——切れ切れになる意識の中で、僕はそんなことを考えている。

実際に体験していた最中の自分に、果たしてそのような余裕があったかは謎《なぞ》だ。もしかしたらそれはあとづけの——何度も見る夢の中で固定された記憶かもしれない。

背中では男の荒い息遣《いきづか》いが響いている。犬のような音を立てているのが『彼』だとはとても信じられなかった。

本当にこれは『彼』なのか。何かわけのわからない獣じゃないのか、と僕は振り返り顔を確かめようとして——いつもそこで目が覚める。

今日もまさに男の顔を見ようとしたその瞬間に目が覚めたのだったと、僕は、三度《みたび》はあ、と大きく息を吐いた。額だけじゃなく全身にかいていた汗がすっかり冷え切り、寒さから身体がぶるっと震える。このまま寝るのも不快だと、起き上がりシャワーを浴びにいくことにした。

熱いくらいの湯を浴びながら僕は今夜もまた、夢のことを——かつてあった出来事についていつしかぼんやりと考え始めていた。

あのとき肉体的苦痛もそれは辛《つら》いものだったが、精神的には更に辛く、僕は壊れてしまいそうになったのだった。

あの辛さが僕に、繰り返し繰り返し夢を見せるのだろうか。

未《いま》だに僕は、あのときの衝撃から立ち直っていないのか——？

馬鹿《ばか》な、と自嘲《じちょう》し、迸《ほとばし》る湯の中に頭を突っ込む。あれからもう、何年も経《た》っている上に、こうして夢に見る以外では思い出すこともないのだ。立ち直れていないわけがないじゃないか、と降り注ぐ湯の中で僕は頭を振ると、もう寝よう、と、きゅっと蛇口を捻《ひね》った。

濡《ぬ》れた髪をタオルで拭う僕の脳裏には、目が覚める直前に視界を掠《かす》めた顔が——『彼』の顔が浮かんでいた。

もう彼とは何年会っていないだろう。僕を犯したあと彼は姿を消した。罪悪感からか、はたまた他に事情があったのかはわからない。その後彼の姿を見てもいなければ、どこで何をしているなどの噂《うわさ》の一つも僕の耳には入ってこなかった。

そう、もう僕にとって『彼』は存在し得ない人間なのだ。あの出来事も遠い過去の遺物だ。

とらわれる必要もなければ意味もないというのに、なぜ僕は繰り返しあの日の夢を見るのだろう――？

僕を犯しながら彼は、一体何を考えていたのか――いつしか記憶を辿《たど》り始めていることに気づき、何をやっているんだと僕は自嘲する。

夢は夢。とらわれる必要はない。明日も早いのだ。仕事は山積みである。すぐにでも寝て明日に備えるべきだ。

寝よう。二度と夢など見ないように――ぎゅっと目を閉じ、眠ろうと試みる僕の脳裏にまた『彼』の顔が浮かぶ。

本当になぜ、僕は同じ夢ばかりを見るのだろう――？

一日も早く忘れてしまいたい、屈辱的《くつじょくてき》な出来事なのに。人生から消し去ってしまいたい記憶であるのに、なぜ僕は繰り返しその状況を夢に見る？

いつの日にかその答えを得る日は来るのだろうか。

来るより前に、二度とあの夢を見ないようになりたいものだ、と溜《た》め息《いき》をつく僕の脳裏にはなぜか、未だに『彼』の幻の顔が消えずに残っていた。

1

「先輩とこうして飲むのも久しぶりですね。なんだか嬉《うれ》しいですよ」

赤坂の沖縄料理店の座敷で高梨良平《たかなしりょうへい》と向かい合い、言葉どおりの嬉しそうな笑顔を浮かべているのは彼の大学の後輩であり、今は東京地検の捜査検事である武内潤《たけうちじゅん》だった。

武内は最近東京に転勤してきた。学生時代には学部が同じだっただけでなく、体育会柔道部の先輩後輩でもあったので、高梨は武内が東京勤務となったと同時に歓迎会をしようと誘っていたのだが、その後政治家絡みの少し面倒な事件が起こったせいと、他にも事情があって、その『歓迎会』がのびのびになっていた。

めでたく事件も解決したため、高梨は改めて武内を飲みに誘った、それが今日だったのである。

「歓迎会もやらなあかん、思うてたし、事件もめでたく解決したしで、ちょうどええやろ」

高梨もまた笑顔で応《こた》えていたが、ちらちらと腕時計を気にしている。

「どうしたんです？」

敏腕検事と名高い武内がそんな不自然な高梨の様子に気づかぬわけもなく、そう問いかけ

たとき、

「お連れ様が到着されました」

部屋の外で仲居の高い声がしたと同時に、すっと障子が開いた。

「……っ」

そこに佇《たたず》んでた人物の姿を見て、上座に座っていた武内が目を見開き息を呑《の》む。

「どうも……」

部屋の外からぺこりと頭を下げてきたのはなんと、田宮吾郎《たみやごろう》――高梨の職場である警視庁捜査一課の面々からも公認されている、高梨の恋人だった。

「ごろちゃん、早よ入りや」

下座に座っていた高梨がくるりと彼を振り返り、満面の笑顔でそう誘う。

「うん……」

それでも田宮が躊躇《ちゅうちょ》してみせたのは、武内の顔が強張《こわば》っていたせいだと思われた。実は高梨による武内の『歓迎会』がのびのびになっていたのには、この田宮もまた原因――遠因、というべきか――となっていたことを、田宮本人も承知していたためである。

今から数週間前、武内が着任の挨拶《あいさつ》に高梨の許《もと》を訪れた際に、偶然田宮もある件で高梨を訪ねてきて、二人は鉢合わせすることとなった。

高梨はいつものように田宮を『僕の嫁さん』と武内に紹介したのだが、その瞬間武内の顔色はさっと変わり、二人に対して——特に田宮に対して、非常に厳しい態度を取り始めたのだった。

武内はゲイ嫌いであり、尊敬する高梨がゲイであるという事実に大きなショックを覚えたようで、おかげで田宮も彼の嫌味の応酬を浴びることになったのだが、気立てのいい田宮は恐縮する高梨に「別に気にしてないから」と笑い彼の謝罪を退けていた。

武内は高梨に対しても厳しい態度を取り続けていたのだが、先の政治家絡みの事件の際、己の進退など構わぬとばかりに信念を持って捜査にあたる高梨の姿を目《ま》の当たりにし、『先輩はやっぱり先輩だと……僕の尊敬してやまない先輩であることに代わりはないと』改めてわかった、と、謝罪してきたのだった。

勿論《もちろん》高梨は彼の謝罪を受け入れ、これからも仲良くしていこう、ということで今回彼を飲みに誘ったのだが、その席に高梨は恋人である田宮を連れていくのを内緒にしていた。言えば武内が会食自体を断りかねないとわかっていたためである。

そこまでわかっていながら高梨が田宮を呼んだのは——因《ちな》みに高梨は田宮にも、武内の名を伏せていた——武内も田宮本人のことを深く知れば、いくらゲイ嫌いであっても二人の関係に理解を示してくれるのではないかと思ったためだった。

高梨は田宮ほど人好きのする男を知らない。それは田宮の真《ま》っ直《す》ぐな性格や、思いやり溢《あふ》れる優《やさ》しい気持ちが万人の心を惹《ひ》きつけるためだろうと高梨は分析していた。

武内も田宮と語り合い、彼の人柄を知れば、今までのようにゲイだからということで――実際田宮も、そして高梨自身も自分たちが『ゲイ』であるという自覚はなく、好きになった相手がたまたま同性だっただけだ、という考えではあるのだが――色眼鏡《いろめがね》で見ることはしなくなるだろう。そう思い高梨は独断で、三者での懇親会を計画したのだった。

「……こんばんは」

高梨がほぼ強引に座敷内へと招き入れ、自分の隣に座らせた田宮が、挨拶をしないのも悪いと思ったのか、眉間《みけん》に縦皺《たてじわ》を刻んでいる武内に向かい頭を下げる。

「……どうも」

武内もまた頭を下げ返しはしたが、眉間の縦皺は解けることなく、顔を上げた次の瞬間には高梨へと物言いたげな視線を向けてきた。

「お互い、来ること内緒にしてててすまんな」

高梨は武内に、そして田宮にそれぞれ頭を下げると、憮然《ぶぜん》とした顔のままふいと横を向いた武内に向かい、熱い口調で言葉を続けた。

「不意打ちは悪いとは思ったんやけどな。僕にとってごろちゃんは大切な人やし、武内、お前も大切な後輩や。だからこそ、お互いにお互いのことをわかってもらいたい、そう思うたんや」

「……良平……」

高梨の横で田宮が彼の名を呼んだあと、はっとした顔になる。

「……高梨さん」

慌てて呼び直したのは、武内に対し気を遣ったものと思われた。気づいた武内が小さく溜め息をつく。

「武内」

目を伏せた彼に向かい高梨が身を乗り出し呼びかける。武内はまたも小さく溜め息をついたあとに目線を高梨へと向けてきた。

「別に謝っていただくことではありません。今夜は二人ではなく三人になったというだけじゃないですか」

武内は淡々とそう言うと、

「……せやね」

彼の真意を測りかねている顔のまま相槌《あいづち》を打った高梨と、彼の隣で様子を窺《うかが》っている田宮に対し、唇の端を上げるようにして微笑《ほほえ》んでみせた。

「今夜はよろしくお願いします」

「こ、こちらこそ」

田宮は慌てて頭を下げ返したのだが、微笑んでいながら武内の目が笑っていないことに気づいていた。

「そしたら、はじめよか」

高梨もまた気づいていたが、敢《あ》えて気づかぬふりをし、笑顔で場を盛り上げようとする。

「最初はビールでええか？」

「ええ。生を」

「ごろちゃんは？」

「……お、俺も生」

「そしたら生三つな。料理はコースとアラカルト、どないする？」

高梨が注文をまとめるタイミングを計ってたかのように「失礼します」と仲居が襖《ふすま》を開けた。

「すんません。生三つ。それから……」

てきぱきと注文の品を仲居に告げていく高梨の前では武内が俯《うつむ》いており、横では田宮がなんともいえない居心地の悪さを感じて密《ひそ》かに溜め息をついていた。

一見友好的な態度を取ってみせた武内だが、それは単に彼の分別がそうさせているだけであることは、田宮にも、そして高梨にもよくわかっていた。子供でもあるまいし、『こんな所にいられるか』と席を立つような真似《まね》はできないという判断であろう彼の態度は、場の雰囲気を気の置けない友人同士の集まりではなく、取引先相手の接待のような感じにしていた。

「武内が前におったんは福岡やったっけ。九州はどないやった？　えらい住みやすいいう話を聞いたことあるんやけど」

「確かに、住みやすくはありますね。先輩検事などは退職後は九州に家を買うと言ってました。食べ物は美味《おい》しいし物価は東京より随分安いし、何より質のいいゴルフ場が近くにごろごろあるからなんですが」

「へえ、ええなあ。武内はどないや？　住みとうなったか？」

「いやあ、僕は東京生まれなので東京が一番住みやすいです。先輩は大阪が住みやすいですか？」

「せやねえ。どっちもあまり変わらん気がするけど」

ビールを飲み、運ばれてきた先付けを突《つつ》きながら高梨と武内の間で話が弾んでいく。が、その内容はあってなきがごとしで、時候の挨拶となんら代わりのないものだった。

「ごろちゃんは？　地元と東京やったら、どっちが住みやすい？」

「え？　俺？」

高梨が田宮も話題に入れようと、話を振る。はっとした顔になった田宮に武内もまた笑顔を向けてきたが、相変わらずそれは『作られた』笑みだった。

「田宮さん、ご出身はどちらなんです？」

「札幌です」

「北海道ですか。いいですね。将来的には帰ろうとか、考えてらっしゃいますか？」

「あ、いえ……」

武内もまた田宮を会話に組み込もうとしてくれていたが、彼の態度はいかにも『接待』的だった。自分に対して見えない壁を作っているのがわかるだけに、田宮は彼にどう対応しようか迷っていた。

同じように『接待』調で相手をするのは、自分にとっても楽ではある。が、それは高梨の意図するところではない。高梨はこんな上滑りな会話を二人にさせるためにわざわざ呼び出したわけではなく、武内が作っている『壁』を突き崩せないかと思い二人を同席させたのだ。

壁は自分側にもあった、と田宮は己の行動を反省と共に思い起こした。武内に不快に思われてはならないと、いつもの『良平』という呼び名を『高梨さん』と変えていた。ありのままの自分を、そして自分と高梨の関係を武内にわかってもらいたいのなら、それも改めるべきだ、と田宮は心を決めると、

「あの、武内さん」

と改めて呼びかけた。

「はい？」

武内が少し驚いた様子で目を見開き、田宮に問い返す。愛想笑いの浮かぶその顔を前に、瞬時の躊躇《ためら》いは消え、田宮は決意も新たに口を開いた。

「武内さんと良平は、いつ頃知り合ったんですか？」

「え？」

「ごろちゃん……」

その瞬間、武内の笑顔の仮面が外れた。高梨の驚いた声がする中、唖然《あぜん》とした顔になった武内に向かい田宮が問いを重ねる。

「大学の後輩だと良平は言ってましたが、何年後輩なんですか？」

「……二年です。学部と部活動が一緒でした」

武内が唖然としたのは一瞬で、すぐに彼の顔にはまた愛想笑いが浮かび、田宮の問いに答え始める。

「部活動って柔道部でしたっけ」

「ええ、そうです。先輩は主将だったんですが、その次の次の主将が僕でした」

「主将！」

田宮が驚いた声を上げ、高梨を見る。

「良平、主将だったんだ」

「別にたいしたことないよ。雑用係みたいなもんやし」

「先輩にそれを言われると、僕も雑用係になってしまう」

武内が笑いを取るようなことを言い、高梨が「ああ、せやね」とおどけてみせる。だがその様子はやはり『接待』そのものだ、と田宮は心の中で溜め息をついた。

田宮の意図は、普段どおりの自分を見せれば、武内も本音を語ってくれるのではないか、というものだった。だが一瞬武内は素に戻りはしたものの、すぐにまた笑顔の仮面を被《かぶ》ってしまい、本音を言おうとしない。

やっぱり彼との間の壁を取り払うのは無理なのだろうか。世の中にはゲイを嫌悪する人間はたくさんいる。武内もその一人であるのなら、二人の関係をわかってもらおうというのも無理なんじゃないか、と早くも気持ちが挫けかけている自分に気づき、田宮は、諦《あきら》めが早すぎるだろうとそんな己を叱咤《しった》すると、果敢にも武内に質問を再開した。

「武内さんはどうして柔道部に入ろうと思ったんですか？　昔からやっていたとか？」

「どうしてって……そうですね」

またも武内は一瞬虚を衝《つ》かれたような顔になったあと、考える素振りをした。と、田宮の横で高梨が口を開く。

「僕が無理やり勧誘したんや。いやあ、なんや、懐かしいなあ」

「良平が？」

そうだったのか、と高梨のほうを見た田宮の耳に、

「あ」

何か思い出した様子の武内の声が響いた。

「え？」

「……いや、本当に懐かしいことを思い出して……」

武内が苦笑し、高梨を見る。あの笑みは作ったものじゃない、本物の笑顔だ、と田宮が今度は思わずその顔に見入ってしまったときには、武内は懐かしそうに昔話を始めていた。

「僕が宗教系のサークルのしつこい勧誘に困り果てているところを、先輩が助けてくださったんですよ。『こいつは柔道部に入るって決まってるから』と言って追い払ってくれたんですよね。あとから自分がどれだけ危険な状況だったかを友達に聞いて、先輩は僕の大恩人だと思い、それで柔道部に入部したんでした」

本当に懐かしいです、と笑う武内に高梨もまた、

「せやね」

と笑い返す。高梨の正義感の強さは昔からだったのか、と、そんな二人を眺める田宮までもが微笑んでしまっていたそのとき、携帯の着信音が室内に響いた。

「かんにん」

田宮も聞き覚えのあるその音は高梨の携帯の着信音で、高梨は田宮と武内、二人に頭を下げると応対するべく部屋を出ていった。

「…………」

あまりそういったことにマメではない高梨だが、捜査一課からの電話に関しては呼び出し音を変えていた。今、室内に流れたのはその曲だった、と思わず溜め息をついてしまった田

宮の耳に、武内の声が響いた。

「どうしたんです？」

「あ、いえ……」

田宮は言葉を濁しかけたが、事件発生となると捜査検事である武内にも関係してくることである、と思い直した。

「署からの電話の呼び出し音だったので、事件が起こったのかなと……」

「なんですって？」

その瞬間、それまで愛想笑いを浮かべていた武内の顔にさっと緊張が走った。高梨の消えた襖を見やり、席を立ちかけたのだが、何を思ったのか武内は再び腰を下ろすと、まじまじと田宮の顔を眺め始めた。

「……あの……？」

穴の空くほど、という表現がぴったりくるような視線に戸惑いを覚え、田宮が武内に問い返す。

「……いや……」

武内は何か言いかけたが、上手《うま》い表現が見つからなかったのか暫《しば》し口を閉ざしたあと、

「あの？」

と再度尋《たず》ねた田宮に向かいようやく口を開いた。

「あなたと先輩の関係について、教えてもらえますか？　いつから今のような関係になったんです？　きっかけは？　学生時代の先輩はゲイではなかったと思うのですが」

　沈黙の時間は質問内容を頭の中でまとめるためのものだったのか、とわかるような彼の怒《ど》濤《とう》の問いかけに戸惑《とまど》いを覚えたものの、田宮は問われたことに一つずつ、誠意を以《もっ》て答えていった。

「良平との関係は二年ほどになります。きっかけは、俺が巻き込まれた事件を担当していたのが良平で……」

「事件？　どんな事件だったんです？」

　途中、武内の質問が挟まる。事件絡みとは予想してなかったらしい彼の顔には、今は愛想笑いではなく、いかにも不審そうな表情が浮かんでいた。

「……あの……殺人事件です。俺はその容疑者で、良平はただ一人俺の無実を信じてくれて……」

「殺人事件!?」

　武内の驚愕《きょうがく》した声が田宮の声を遮る。まさかそこまでの『事件』とも思ってなかったらしい彼に、田宮が説明を続けようとしたそのとき、

「かんにん」

　いきなり襖が開いたかと思うと、心の底から申し訳なさそうな顔をした高梨が部屋に入っ

てきて、武内と田宮、二人に向かい順番に深く頭を下げた。

「呼び出しや。これから現場に向かわなならんようになってもうた」

「……そうか」

頷《うなず》いた田宮の前で、武内がこの上なく真剣な顔になり高梨に問いかける。

「事件ですか？　どういった？」

「歌舞伎町で殺人や。詳細はわかり次第、報告するさかい」

そしたら、と高梨が座っていた席の傍《そば》まで戻り上着を取り上げる。

「支払いはしておくから」

今にも部屋を飛び出しそうな高梨の背に田宮はそう声をかけると、

「かんにん」

と振り返った彼に向かい「気をつけて」と一言だけ声をかけた。

「おおきに」

高梨が片目を瞑《つぶ》ってそれに応え、武内にも「かんにんな」と頭を下げ部屋を出ていく。

襖が閉まり、高梨の慌ただしい足音が遠ざかっていったあと、田宮の口から大きな溜め息が漏れ、武内の注意を誘った。

「どうしたんです？」

「あ、いえ……」

ぼそぼそと答えながら、田宮がちら、と武内を見る。彼の問いたいことは、この席をどうするかということだろうと、武内はすぐに察した。

アラカルトで頼んでいるし、今までに注文した品はほぼ出揃《でそろ》っているため、すぐにも伝票を締め会計をお願いできる。高梨がいなくなった今、残った二人で食事を続けるのもどうかと武内は思っていたので、迷わず田宮に笑いかけた。

「また、先輩が都合のいいときに、仕切り直しましょう」

一方的に会合の終わりを宣言した武内の前で、

「……ええ、そうですね」

田宮は一瞬、何かを言いかけたが、すぐに笑顔になると周囲を見渡し伝票を探す素振りをした。と、ちょうどいいタイミングで仲居が皿を下げにきたので、田宮が伝票を頼むと、それまでの支払いは先ほど出がけに高梨が済ませていったとのことで、田宮と武内は思わず顔を見合わせてしまった。高梨は田宮に支払いを頼んだものの、いざ清算となったとき、武内との間で、どちらがどれだけ出すと揉《も》めるのではないかと案じてくれたようだ、と二人して同時に気づいたのである。

「……それじゃあ、帰りましょうか」

「……そうですね」

武内の言葉に田宮が頷《うなず》く。田宮は相変わらず何か言いたげだったが、おそらくそれは、できればこのあとも会合を続けたい、という内容ではないかと武内は察していた。

　この会合をセッティングした高梨の意図に応えることができなかったのを気にしているのに違いない。だが、自分が『終わり』と宣言しているものを、無理に引き留めるのは悪いとでも思っているのだろう。

　気遣いのできる男だ、と武内は改めて田宮を見やったものの、だからといって彼とこれ以上話を続ける気はなかった。

　田宮のほうでは自分と交流を持ちたいようだったが、と思いながらも武内は上着を手に立ち上がり部屋を出た。田宮がそのあとに続く。

「それでは失礼します」

「またお会いしましょう」

　武内の挨拶に田宮はそう答えたが、それに対し武内は『そうですね』とは返さなかった。笑顔で会釈だけすると「僕はタクシーで帰りますので」と言い置き、大通りに向かって歩き始めた。

「武内さん」

　背後で田宮の声が響いたが、聞こえないふりを決め込み、ちょうどやってきた空車のタクシーに手を上げた。そそくさと乗り込み、行き先を告げる。

「…………」

ちらと武内の視界に、自分に駆け寄ってくる田宮の姿が過《よ》ぎったが、あくまでも武内は気づかぬふりを決め込み、前方だけを見つめ続けた。

暫く走った後、武内は後ろを振り返り、既《すで》に田宮がその場にいないことを確認すると、小さく溜め息をついた。

別に武内も田宮本人に対し、思うところがあるわけではない。ただ、高梨の同性の恋人だと思うと、話をする気になれないというだけなのだった。

男同士であっても愛し合うカップルがこの世に存在するという知識は武内にもあったし、倫理的にも同性愛を差別するべきではないともわかっていたが、ある事情からどうしても彼は、男同士の恋愛を嫌悪せずにはいられないのだった。

高梨がゲイであるという噂を着任早々聞かされたときには、信じがたいと思い、面白可笑《おもしろおか》しく噂する先輩や同僚に対し断固抗議すらした。だが、高梨本人の口から、その噂は事実であると知らされただけでなく、今付き合っているという田宮を紹介された途端、武内の心にどうしようもない怒りと嫌悪の念が生まれてしまったのだった。

心酔するほど尊敬していた先輩である高梨がゲイであることが許せなかった。パートナーである田宮に対し、あからさまに嫌悪の情を示してみせたのは大人げなかったとあとから反省はしたものの、そうせずにはいられなかった。

ゲイであろうが、高梨が高梨であることに代わりはない。そのことは武内も認められるようになったが、だからといって高梨の望むように田宮も交えた三人で親しく交友する気には、どうしてもなれなかった。

どうして高梨はゲイになどなってしまったのだろう――車窓の風景を見るとはなしに眺めていた武内の脳裏に高梨の爽《さわ》やかな笑顔が蘇《よみがえ》る。

学生時代には浮いた噂の一つもなかったが、まさかあの頃から高梨はゲイだったのだろうか。いや、もしもそうだとしたら、自分が知らないわけがない。それくらい彼とは密に付き合っていたのだから――ぼんやりとそんなことを考えているうちに武内は、そうだ、新宿に寄ってみよう、と思いついた。歌舞伎町で殺人事件があったという高梨の言葉を思い出したのである。

自分の目でも現場を見ておくのはいいかもしれない――それらしい理由付けをしたものの、実際のところは高梨に会いに行く大義名分じゃないか、と武内は車窓から外を眺めながらまた溜め息を漏らした。

なぜ今、高梨に会いたいと思うのか。その理由は自分でもよくわからない。まさか、家に帰るしかなかった田宮に――高梨の恋人に抜け駆けしようとしているわけでもあるまいし、と自嘲すると同時に武内は、その田宮の話を思い出していた。

高梨との出会いは事件絡みだったという。しかも彼は容疑者だった。見たところごく普通のサラリーマンに見えたが、高梨の所属する警視庁捜査一課は凶悪事件が担当である。一体どんな事件だったのか、調べてみようか――。

「……馬鹿馬鹿しい……」

なぜにそんなことが知りたいのだ、とまたも自嘲した武内の頭に、その田宮を愛《いとお》しげに見つめていた高梨の姿が浮かぶ。

何を考えているんだか、と武内は高梨の幻の笑顔を頭を振ることで追い出すと、

「すみません」

と身を乗り出し、運転手に行き先変更を告げた。


新宿歌舞伎町のアーケード前で武内は車を降りると、事件現場はどこだろう、と周囲を見渡した。メインゲートを入った辺りはいつもと同じ喧騒《けんそう》に溢れ、事件があった様子はない。

となると、どこか路地か――歌舞伎町はそう広くないゆえ、歩き回ればわかるだろうと、彼はゲートをくぐり、周囲に目を配りながら進んでいった。

一瞬、高梨の携帯に連絡を入れ、場所を聞こうかという考えが過ぎったが、そこまですることはないか、と武内は考え直した。見つけることができなかったら引き返せばいいだけだ、と一人呟《つぶや》き足を進める。と、そのとき、武内のすぐ前方にある風俗店のドアが開き、長身

の、いかにもヤクザという風体の男が出てきた。その横顔を見た瞬間、武内は驚愕《きょうがく》のあまり、その場に凍《こお》り付いたように動けなくなった。

「…………」

気配に気づいたのか、男が武内を見て、やはり驚いたように目を見開く。

「……潤……」

男の口から武内の名が漏れる。その声を聞いた途端、武内は呪縛《じゅばく》が解けたように身動きが取れるようになり、後ろも見ずに、もと来た道を駆け出していた。

「おい！」

男の呼びかけが背後で響いたが、武内の足は止まらなかった。信じられない邂逅《かいこう》に彼の頭は混乱し、まるで何も考えられない状態に陥ってしまっていた。

どうして彼がここにいるのだ？　もう何年も、それこそ十年近く会ってないあいつがどうして——？

「待てよ！」

と、そのとき、すぐ後ろで声がしたと同時に、伸びてきた手に腕を摑《つか》まれ、武内ははっとして足を止め振り返った。

「待ってくれよ」

はあはあと息を切らしながら、武内の腕を摑んでいたのは、先ほど唐突に彼の前に姿を現

したあの男だった。

「久しぶりじゃねえか」

男がヤクザめいた口調でそう言い、武内に笑いかけてくる。かつての男の面影がその笑みに重なり、一気に時が戻っていくのを感じていた武内からは、己の腕を掴む男の手を振り払う余裕すら失われていた。

2

「警視、お疲れ様です！」

歌舞伎町の路地裏にある、既《すで》に閉店しているスナックの入り口には『立ち入り禁止』の黄色いテープが張り巡らされており、それをくぐって高梨が中に入ると、彼を電話で呼び出した部下の竹中《たけなか》が手を上げ彼を手招いた。

「ガイシャ、もうすぐアキ先生が運び出すそうです」

「すんません。ちょっと見せてもらってよろしいでしょうか」

被害者を見せようとする気働きをする部下に目で『ありがとな』と合図を送ったあと、まさに青いシートに遺体をくるんでいる最中だった監察医の栖原《すはら》が立ち上がり、高梨に笑顔を向けてきた。

「やあ、高梨さん。顔が赤いね。お楽しみ中だったの？」

「すんません」

栖原はその特徴的なビジュアルから『名物』と言われる監察医であった。百八十センチを越す長身の美丈夫なのだが、みどりの黒髪を腰の辺りまで伸ばしているのである。その上彼はビジュアルだけでなく性的指向でもまた、『名物』の呼び声が高かった。

「謝ることないでしょう。酔った高梨さんの顔、セクシーだし」

「セクシーなもんですか」

あはは、と高梨は、それこそ『セクシー』な流し目を向けてきた栖原を笑い飛ばす。

「いや、セクシーだよ、思わずくらりとくるくらい」

「栖原センセ、宗旨替えしたわけやないでしょう。センセのお好みは男も女も可愛《かわい》い子ちゃんやったやないですか」

にじり寄ってくる栖原を高梨が笑ってかわそうとする。

「まあ、そうなんだけどさ」

栖原は悪びれずにそう言うと、高梨に近く顔を寄せこそりと囁《ささや》いてきた。

「実のところ、人助けのつもりなんだけどね。高梨さんも知ってるでしょう？　鑑識の井上《いのうえ》さん」

「ああ？」

仕事ができると評判の、と頷きかけた高梨は、続く栖原の言葉を聞き、うへえ、と顔を歪《ゆが》めた。

「その井上さんの『今後絶対落としますリスト』に高梨さんも入ってるんだってさ。彼のアプローチはハンパないからねえ。それで僕が盾になってあげようと思ったってわけ」

高梨さん、『奥さん』いるって言うからさあ、とけらけら笑う栖原に、勘弁してくれ、と高梨は内心溜め息をつくと、遺体の状況を確認すべく彼に問うた。

「で？　ガイシャは？」

「見たところホストだよ。ただ、身元がわかるものを何一つ身につけてないから、何処《どこ》の誰とはわからない。死因は刺殺。心臓をナイフでひと突きだ。凶器のナイフは遺体の傍に落ちていたが、指紋は検出されなかったそうだ。その上汎用品で入手経路を割り出すのは困難だろうと井上さんが言ってたよ」

「顔、見せてもろうてええですか？」

「勿論」

栖原が快諾し、遺体を覆っていたビニールシートを捲《めく》る。

「……二十五、六、いうところでしょうな」

遺体に両手を合わせたあと、高梨はその遺体の顔や服装、それに致命傷となった傷を次々と確認し始めた。

「服装と眉《まゆ》の手入れの様子から、栖原さんもおっしゃるようにガイシャがホストであった可能性は高いですな。しかしこうも見事に心臓をひと突きなんて、できるものなんやろか。争ったあとはありますか？」

「いや、他に外傷はない。致命傷を一発で与えることができた理由としては、刺された際、ガイシャがアルコールなどで意識を失っていたという可能性もあるので、それは司法解剖の結果を待ってもらえるかな」

「わかりました。そしたらよろしく頼みます」

高梨が丁重に栖原に頭を下げる。栖原は、

「了解」

とにっこりと微笑んだあとに、高梨に顔を近づけ、こそりとこう囁いてきた。

「忠告はしたからね。それじゃ、また」

「え？」

忠告？　と高梨が栖原に問い返そうとしたそのとき、

「警視〜！」

背後から素《す》っ頓狂《とんきょう》といっていいくらいの高い声がしたのに、高梨と、隣にいた竹中は驚き、声のほうを振り返った。

「いやあん。今日もめちゃめちゃセクシーやないですかあ」

満面の笑顔で高梨へと近づいてきたのはなんと——先ほど栖原が『忠告』してくれた、鑑識係の新人、井上だった。

まるでハーフかクオーターのような派手さの上に超がつくほど整っている外見をしている彼は、自称も他称も腰の軽いゲイであり、落とすと決めた相手は九割方落としているという。

その性的指向と目立つ容姿以上に、彼の名を警察内に轟《とどろ》かせているのは鑑識係の範疇《はんちゅう》を超えるというほどの洞察力にあった。

まだ新人だというのに、彼の進言のおかげで解決した事件は既に十を超える。それだけ高い能力を持っているにもかかわらず、少しでも好みの相手は落とさないではいられないらしく、積極的にアプローチしまくっている緩い下半身事情がネックとなっているという、そんな名物鑑識係なのだった。

「警視、めちゃめちゃ愛妻家なんですってね。僕、愛人で全然いいんだけどな」

ここが犯行現場であることを忘れているとしか思えない井上の発言に、高梨は、コホン、と咳払《せきばら》いをすると、彼に本来の仕事を思い出させるべく事件についての問いかけを始めた。

「犯行現場もここやったんでしょうか。それとも別の場所で殺されてここに運ばれてきたんでしょうかね」

「おそらく、前者だったのだと思います。そもそも事件が発覚したのは、ガイシャがこの店に入ったのを関係者に見られたからでしょう？」

「え？」

どういうことだ、と問い返す高梨の横で、「そうなんです」と竹中が慌てた様子で口を開いた。

「事件が発覚したのは、この店にガイシャが入っていくのを、見かけた人間がいるからなんですよ。見かけたのはこの近所の風俗店の店主で、潰《つぶ》れて空き家になってるはずの店に誰かが入っていったのを不自然に思い、担当の不動産屋に連絡を入れたんです。店主が不動産屋と顔馴染《なじ》みだそうでね。それで不動産屋が店に来て、遺体を発見したというわけです」

「おかげで事件発生後、そう時間をおかずに遺体が発見されたのはラッキーでしたけど」

竹中の説明のあとに井上はそう言い、肩を竦《すく》めた。

「『けど』？」

先ほど井上はここが犯行現場かと高梨が聞いた際、『おそらく』という答え方をした。発見が早ければそれなりに現場検証の手応えもあろうに、『けど』とはまさか、と案じつつ問いかけた高梨に向かい、井上は高梨の抱《いだ》いた悪い予感そのものの答えを返してきた。

「まるで痕跡《こんせき》がないんですよ。店内中の指紋が拭われているのは勿論、床もほら、あの入り口の壁のところにあるモップで綺麗《きれい》に拭《ふ》き取られてるんです。おかげで靴痕《くつあと》も何も取れませんでした」

肩を竦めた井上に、高梨が頭に浮かんだ考えを問う。

「プロやろか」

「可能性は高いですね。致命傷のナイフも心臓ひと突きで、あとの外傷は一つもないそうですし」

断定はできませんけど、と言葉を足した井上に頷き返すと、高梨は視線を竹中へと向け問いを発した。

「ガイシャが店に入るところを目撃されとるんやったな。他に店内に入る人間の目撃情報はないんか。さっきの店主は？」

「今のところはまだ出てません。店主も男を見かけたあと、不動産屋に電話をかけるために店に入ってしまったそうで、その後は外に出てないと言うんですよ」

「さよか」

残念だ、と溜め息交じりに頷く高梨に、竹中は「引き続き聞き込みを続けます」と真面目《まじめ》な顔でそう言い頷いた。

「まずはガイシャの身元やな。写真上がり次第、ホストクラブに聞き込みかけてや」

「わかりました」

すぐ動きます、と竹中がその場を駆け出そうとする。

「頼むで」

彼の背に声をかけた高梨は、不意に右腕に重さを感じ、ぎょっとして視線を向けた。

「警視、男らしいですねえ。素敵」

いつの間にか高梨ににじり寄り、腕にぶら下がっていたのは鑑識の井上だった。うっとりとした目を向けてくる彼に高梨は珍しくもたじたじとなりながらも器用に井上の腕から己の腕を引き抜き、最終確認とばかりに問いかける。

「現場には犯人の痕跡はナシ、いうことでええですな？　他になんぞ井上さんが気づいたこと、ありますか？」

「マル無視なんて、警視ってば酷《ひど》いなあ」

もう、と井上は口を尖《とが》らせたが、高梨が困った顔になったのを見ると「冗談です」とまた肩を竦め「そうですねえ」と考える素振りをした。

「店の鍵は壊された痕跡がないので、おそらく殺された男が開けたと思われるんですが、彼の所持品の中に鍵はなかったです。犯人が持ち去ったのか、それとも最初から鍵が開いていたのかは当然、僕の知ったことではないですが」

「鍵か。おい、竹中」

高梨が所轄の刑事たちに先ほどの高梨の指示を伝えていた竹中に声をかけたのは、不動産屋が入ったときには鍵が開いていたのかを聞こうとしたためだった。

「はい」

「不動産屋が来たときには、鍵は開いてたらしいですよ」

慌てて竹中が駆け寄ってくるより前に、高梨の意図を察した井上がそう答え、なんたる観察力の鋭さ、加えて情報収集能力の高さだと高梨の目を丸くさせる。

「おおきに」

性格的――といおうか、性指向的といおうか――には問題があるにせよ、さすが名物鑑識

と言われるだけのことはある、と、感心した高梨に井上は、

「御礼《おれい》なんか言わんといてくださいよ」

　そんな嘘《うそ》くさい関西弁で答えつつまた彼にもたれかかってきて、高梨をそこはかとなく脱力させてくれたのだった。


　すぐに被害者の写真が用意され、捜査員たちはそれを手にホストクラブを中心に聞き込みを開始したのだが、開始後三十分も経たないうちに名や素性は知れた。彼が働いていたホストクラブが判明したのである。

　その後、高梨の陣頭指揮の下、所轄の新宿西署で捜査会議が開かれることになった。駆けつけた所轄の刑事の中には高梨とは馴染みの深い納《おさめ》もおり、会議開始前に二人は互いに肩を叩き合い、一日も早い事件解決を目指そうと鼓舞し合った。

「それではガイシャの身元についての報告を、竹中刑事より発表いたします」

　司会進行も高梨が担当し、竹中を指名する。

「はい」

　竹中はすぐに返事をして立ち上がると、聞き込んだ被害者の身元を発表し始めた。

「被害者は寺田義人《てらだよしと》。二十五歳。職業はホストで働いていた店は歌舞伎町にある『ユア・ラヴァーズ』、源氏名は『星川《ほしかわ》ミキヤ』で、店ではナンバースリーの売り上げだったとのことです。店長や仕事仲間のホストたちは彼が殺されたことを驚いていました。心当たりは皆、ないそうです。住所は信濃町の店の借り上げ社宅のマンションで一人暮らし。家族構成は実家のある栃木県に父母、都内に姉がいます。父母とは連絡が取れました。姉とはまだ取れていませんが、すでに嫁いでおり弟とはほとんど交流がないそうです。父親も母親も、息子である被害者とはもう暫く会っておらず、殺されるような心当たりはまるでないとのことでした」

「続いて事件概要についての説明を」

「はい」

高梨の指示に竹中は頷くと、正しい時間を確認すべく手帳を捲りながら再び口を開いた。

「午後八時頃、歌舞伎町の閉店したスナック内に男性の他殺体があるという一一〇番通報がありました。通報してきたのはその店舗担当の不動産屋の店長です。店長が現場を訪ねた理由は、近所の風俗店の店主がその店にガイシャが入っていくのを目撃し、不審に思って連絡したからでした。店主は目撃後、すぐに不動産屋に電話するため店に戻り、その後デスクワークをしていたそうで、他に現場内に入った者については見ていないとのことです。周辺を聞き込みましたが、今のところ有益な目撃情報は得られていません。ガイシャが現場に入ったところを見たという情報すらその店主から以外は得られていないのが現状です」

「現場の状況についてはお配りした資料のとおりです。まるでなんの痕跡も残っていません。心臓をひと突きされている状況からも、犯行はプロの手によるものという可能性大と思われます。決めつけは危険ではありますが、皆さんのご意見を伺いつつ捜査方針を固めていきたいと考えています」

高梨がそう言い、会議に出席している刑事たちを見渡す。皆、高梨に頷き返したあと、渡された資料を捲り始めた。

「犯人《ホシ》はプロかもしれないということですが、殺害のプロといえばやはりヤクザ絡みでしょうか？」

間もなくして新宿西署の刑事が挙手し、問いを発した。高梨はその老刑事に向かい頷くと、彼の見解などを話し始めた。

「その可能性が高いと判断し、今、ガイシャ本人と彼の勤務していたホストクラブに関し、暴力団との関係性を洗い出そうとしています」

今のところこれといった収穫はありませんが、と続けた高梨に、納が挙手する。

「高梨、風俗店の店主が不動産屋に連絡したあと、何分後に不動産屋は店にやってきたんだ？」

「一時間半後らしいわ。店が立て込んどったそうで、すぐには出れんかったらしい」

高梨は即答すると、納が何を問いたかったのかを読んだ答えを続いて口にした。

「ガイシャが店に入ってから発見まで、一時間半もあるさかい、現場から痕跡が一切消されてたいうても、犯行が一人の手によるものか、はたまた複数犯かは判断できんよ」

「そうか……」

高梨の読みはあたったらしく、納が納得顔で頷いている。彼の横から自称納の『女房役』、橋本《はしもと》が挙手し立ち上がった。

「目撃情報がその、風俗店店主一人というのが気になるのですが。現場は僕もよく知ってる界隈《かいわい》にありますが、夜六時半頃ならそれなりに人通りはあるんじゃないでしょうか。にもかかわらず目撃情報はナシですか？」

「おっしゃるとおり、現場はそこそこ人の多い通りに面した店ではありますが、路上にいるのは客引きが主で、閉店したスナックに人が入ろうがどうしようが関係ないという雰囲気やったそうですわ」

またも即答した高梨の答えに橋本も「そうですか」と納得する。

「ですが」

だがその点は自分も引っかかったのだ、と高梨は彼に、そして室内にいた刑事全員を見渡し、己の考えを口にした。

「僕も、今、橋本刑事が言わはったとおり、今回の通報はあたかも狙《ねら》ったかのようなタイミングやったと思うてます。せやから今後は通報者、及び第一発見者の不動産屋の周辺も洗っていきましょう」

「わかりました」

「了解です」

刑事たちがそれぞれにやる気に溢れる声を上げる。高梨は彼らを見渡し微笑むと、

「それでは班分けを発表します」

と、ホワイトボードを振り返り、所轄の新宿西署と本庁の刑事たちをそれぞれに、被害者、働いていたホストクラブ『ユア・ラヴァーズ』、それに通報者と不動産屋に担当分けし、会議はこれで解散となった。

時刻は既に午前零時を回っていたが、高梨は帰宅前に納を誘い、新宿二丁目のゲイバー『three friends』へと向かうことにした。店主であり実は情報屋でもあるミトモに、プロの殺し屋について聞いてみようと思ったのである。

「あら、いらっしゃあい」

ミトモは高梨と納が現れると、一段と高い声を上げ二人をカウンターへと招いた。店内には男同士のカップルが二組ほどいたが、それぞれ『二人の世界』に入り込んでおり、他に興味を向ける雰囲気ではない。それでも一応、と高梨は身を乗り出し、

「何か飲む?」

と問いかけてきたミトモに近く顔を寄せると、耳元に囁いた。

「仕事中やさかい……それより調べてほしいことがあるんですが」

「いやあん。息、息がかかったあ」

ミトモが高梨が囁いたほうの耳を押さえて嬌声《きょうせい》を上げ、うっとりした目を彼へと向けてくる。

「ミ、ミトモさん？」

「おい、ミトモ、いい加減にしろ」

ぎょっとし、心持ち身を引いた高梨の横から、納が冷たい目線をミトモに向ける。

「あら、妬《や》いてるの？」

ミトモも負けずに納に向かい冷笑を浮かべてみせたあと、

「妬くわけねーだろっ」

と叫んだ納をまるっと無視し、今度は彼のほうから高梨に向かって身を乗り出すと、ノリノリの状態で囁いてきた。

「もしかして新宿のホスト殺しかしら？」

「ご明察。さすがですな」

高梨が素で感心し、やや身体を引いてミトモを見る。

「アタシを誰だと思ってるのよ」

にや、とミトモが笑った、それを見た納がぼそりと呟く。

「店を構えて二十年の二丁目のヌシ」

「二十年は酷くない？」

ミトモは納をじろりと睨《にら》んだが、実際の年数とさほど差はなかったのかそのまま流すと、あとは納を無視し、高梨の耳元に顔を近づけ囁きかけた。

「あのホスト、シャブの売人だったそうね。そのあたりが知りたいの？」

「なんやて？」

今までの聞き込みではまるで出てきていなかった情報に、高梨が思わず大きな声を上げる。

「え？　やだ、知らなかったの？」

だがミトモに驚かれた彼は、気づいていて然《しか》るべきことだったのかと反省し、それをそのまま口に出した。

「情けない話やけど、今、初めて聞きました。そうですか。覚醒剤《かくせいざい》取引に関与しとったと
……」

「あら、ごめんなさい。そういう意味じゃないのよ」

高梨の発言に、ミトモは慌てた様子で首を横に振ると、言い訳がましく言葉を続けた。

「あのホスト……ええと、源氏名がミキヤだったかしら？　彼だけじゃないのよ。彼の勤めてたホストクラブ『ユア・ラヴァーズ』が、最近派手に覚醒剤を捌《さば》いてるって評判だったの。

あれだけ目立つことやってりゃ、そのうちあげられるに違いないって」

「で、ガイシャも覚醒剤販売に手を染めていたと……」

「おそらくね」

確証がないのは申し訳ないんだけど、とミトモは断り、高梨の耳元で囁き続ける。

「シャブを捌いていたのはホストで、買い手は彼らの客だそうよ。店ぐるみだって話だったから、殺されたミキヤも売人をやってたんじゃないかという読みなの。すぐに裏を取るわ」

「おおきに」

高梨は礼を言ったあと、これも依頼をせねば、とミトモに囁き返した。

「加えて、店に覚醒剤を卸していた組についても、調査をお願いできますか？」

「おそらく加納《かのう》組じゃないかと言われてるけど、ソッチもすぐに確認取るわ」

任せて、とミトモが頷いてみせる。

「もう一つ、ええですか？」

「なんでもおっしゃいな」

高梨が遠慮深く切り出したのに、ミトモがどんとこい、とばかりに胸を張る。

「もしも関係しとった組が加納組やったら、プロの殺し屋を使ってへんか、そのあたりも調べてもらいたいんですが」

「殺しのプロねえ……最近あまりそういった話は聞かないけど……」

ミトモは首を傾《かし》げたものの、その件に関しても聞き込んでみる、と高梨に向かい微笑んだ。

「頼んます」

高梨はそう頭を下げると、内ポケットから財布を取り出し、一万円札を数枚ミトモに渡そうとした。

「あら、調査後で結構よ」

ミトモはそう言って高梨に財布を仕舞わせると、

「それより、何飲む？　ウーロン茶？」

と問いかけてきた。

「いや、今夜はこれで失礼しますわ」

笑顔でスツールを降りる高梨を「あらそう？」とミトモが残念そうに見送る。

「高梨はこれから愛妻の許《もと》に帰るんだよ」

意地悪、というわけではないが、隙《すき》あらばという態度がミエミエなミトモを警戒し、納が横からそう声をかける。ミトモはきっちりその意図を察した上で、

「イケズ」

と納を睨んで寄越した。

「そしたらまた」

そんな二人のやり取りを、気を許した者同士の微笑ましいものだと解釈している高梨が、

笑顔でミトモに手を振る。

「連絡するわ〜」

電話をかける素振りをしてそれに応えたミトモに「頼んます」と頭を下げ、高梨と納は店をあとにした。

「覚醒剤か」

うーん、と高梨が唸《うな》り、隣を歩く納を見やる。

「加納組、言うてたな。知ってるか？」

「ああ、新興のヤクザだ。えげつない金集めで有名だが、まさか奴らがかかわっていたとはな」

納が溜め息交じりに答える、それを聞き高梨は携帯電話を取り出すと、竹中にかけはじめた。

『はい、竹中です』

「僕や。実はな……」

竹中は明日の聞き込みで、ホストクラブ『ユア・ラヴァーズ』を担当することが決まっていた。高梨は彼に加納組の名を告げ、組とホストクラブの関係を確認するようにと指示を出した。

『了解です。警視、まだお帰りじゃなかったんですね』

竹中が申し訳なさそうな声を出したのは、彼が既に帰宅していたためと思われた。

「これから帰るけどな」

気を遣わせてしまった、と高梨が内心苦笑しつつ答えると竹中は、

『ごろちゃんによろしくお伝えください。決して警視が泊まり込みになどならないように、我々が頑張りますので、と』

「おおきに」

そう熱意溢れる声を出し、高梨を感激させた。

『警視も早く、家に帰ってあげてくださいね』

礼を言った高梨は竹中にそう言われ「わかっとるがな」と苦笑し電話を切った。

「なんだって?」

電話の内容を聞いていた納が高梨に問いかけてくる。

「自分らが頑張るさかい、僕に泊まり込みはさせへんて」

「高梨、愛されてるなあ」

羨《うらや》ましいよ、と笑う納に高梨が、

「サメちゃんかて、女房役の橋本君に愛されとるやないか」

と言い返す。

「女房役ねえ」

確かに橋本はよくそう自称している、と納は思ったものの、『愛されている』という自覚はなかったゆえ首を傾げたのだが、そんな彼を見て高梨は面白がり、更に囃《はや》し立てた。

「なんや、サメちゃんは橋本君の愛情をスルーかいな。橋本君、可哀想《かわいそう》やないか」

「愛情なんてもとからねえよ」

「いやあ、あると思うけどなあ」

普段浮いた噂の一つもないので、ここぞとばかりに高梨が納に絡む。

「ねえって」

からかわれ慣れない納は真っ赤な顔で打ち消したあと、

「それより事件の話だ」

と、話題を変えた。

「覚醒剤取引絡みで、ヤクザに消されたということだろうか？」

「せやね……」

高梨もまた真面目な顔になり、二人の会話の焦点は事件へと向けられる。

「殺され方から見て、ヤクザ絡みの可能性は高いとは思うんやけど、一足飛びに結論づけるのは危険やな」

「ああ。覚醒剤取引は店ぐるみだったらしいしな。一人だけ殺される理由もわからん」

「ほんま、謎やな」

うーん、と二人して首を傾げたあと、推察するにはあまりにも材料が乏しすぎることに気づき、顔を見合わせ苦笑した。

「まずは明日からの捜査を見てやな」

「そのとおり」

頷き合い、互いの肩を叩き合ったあと、高梨と納は「それじゃあ」と笑顔でそれぞれ帰路についたのだが、翌日からの捜査は二人が考えていた以上に難航することになるというところまでは、未来を見通す力のない彼らには予想できるものではなかった。

3

「いやあ、田宮さんと昼日中からラブホに行けるなんて、信じられませんよう」

浮かれた声を上げる会社の後輩、富岡雅己《とみおかまさみ》を田宮はじろりと睨み付ける。

「せっかくですから、打ち合わせのあと、ご休憩していきません？」

「いきません」

必要以上に田宮が冷たく言い捨てたのは、富岡の言葉がジョークなどではなく、まったくの本気だとわかっていたためだった。富岡は田宮に恋心を抱いている上にそれを隠そうともせず、人目があろうがなかろうが、日々強烈にアプローチし続けているのである。

「そんなつれないこと言わないで。仕事の上からもエンドユーザーの現状を見るのは、必要だと思いますよ」

押しが強いことにかけては右に出る者なし、と自称他称する富岡らしく、押せ押せでくる彼に対し、田宮はどこまでも冷めた対応をしてみせた。

「話が具体化したら現場も見るよ。でも今日はまだ提案段階だろう？」

「百二十%《パー》、具体化させてみせますよ！」

田宮の言葉を聞いた富岡が、鼻息荒く所信表明してみせる。この調子ではおそらく富岡は『有言実行』するだろう、と田宮は、やれやれ、と溜め息をついた。

富岡と田宮は商社勤務で、国内営業担当の同じ部に属している。彼らの部の取り扱い商品は建築設備であり、富岡が監視システムを、田宮が空調機器全般を担当していた。

以前富岡は全国展開しているラブホテルの駐車場に、監視システムを売り込み見事受注した。その際、監視システムと一緒に空調設備の見直しをホテルに提案、それがコスト削減に繋《つな》がると好評を得たため、富岡と田宮はこうして常に二人して打ち合わせに向かうという、富岡にとってはパラダイス的な状況ができあがったのだった。

田宮には高梨という同性の恋人がいることは、勿論富岡も知っていた。それでも好きだという気持ちは止められないのだ、と開き直ってみせる富岡に対し、彼があまりにも『いい奴』であるため、田宮は対応に困っていた。

自分の気持ちが高梨から移ることはない、といくら富岡に言ったところで、富岡は『それでもかまわない』とアプローチをやめない。

『望みがないからといって諦めるのはいやなんです』

そう主張する富岡は、田宮に対して今日のようにあからさまなアプローチを繰り返す。田宮にとってはそれは勿論迷惑ではあるのだが、それ以上に、富岡への思いやりから、一日も早く彼が自分を諦めてくれないかと願わずにはいられないのだった。

「あれ、この辺で殺人事件があったんですね」

目的地であるラブホテルへと向かう道すがら、富岡が現場に貼られた『立ち入り禁止』の黄色いテープに気づき田宮を振り返る。

「あ？　うん。そうみたいだ」

田宮が頷いたのは、それが今高梨が捜査中の事件だと知っていたためだった。事件発生から三日経つが、未だに捜査にこれといった進展が見られないことは、泊まり込みが続く高梨の様子からわかっていた。

今夜か明日にでも、差し入れと着替えを持って高梨を訪ねようと田宮は思いながら富岡に頷いたのだが、そんな彼の様子から富岡もまた、その事件が高梨絡みだと察したらしい。

「殺害現場はあの店なのか」

興味深そうにテープの貼られた店を見やる富岡を、

「おい、いくぞ」

と田宮は促した。高梨が捜査に集中しているように、自分も仕事に集中せねばと思ったのである。

「事件って、何日前にあったんです？」

歩き出しはしたものの、富岡は事件に対する興味を捨てきれなかったようで、隣を歩きながら田宮に問いかけてきた。

「三日前」

根が正直な田宮は、『知らない』と白を切ることもできたのに、律儀に富岡の質問に答える。

「三日前か。そういや田宮さん、その日は早く帰ったんじゃなかったでしたっけ？」

もともと記憶力のいい富岡ではあるが、こと田宮に関しては本人以上にどのような細かい事柄でも覚えている。今回も彼はその『記憶力』をいかんなく発揮した。

「そうだけど？」

よく覚えているな、と感心した声を出した田宮に近く顔を寄せ、富岡が笑いかける。

「その翌日の田宮さんが、テンション低かったことだって僕は覚えてますよ」

「……その記憶力、他に使えよ」

自分だって忘れていた、と呆《あき》れた視線を向けた田宮に、ずい、と更に顔を近づけると、富岡がそれこそ唇を塞《ふさ》がんばかりの勢いで彼に訴えかけた。

「何か嫌なことがあったんでしょう？　僕でよかったらなんでも聞きますし、気晴らしにでもなんでも付き合います。幸いココはホテル街ですし、ご休憩だろうがご宿泊だろうが

……」

「お前、ホントに馬鹿じゃないか」

とても相手にしていられない、と田宮は呆れた声を上げると、近く顔を寄せる富岡の額を

ぴしゃりと叩き、ずんずんと目的地に向かい歩き始める。

「痛いなあ」

ぶつぶつと文句を言いながらも、さすがに仕事はおざなりにはできないという判断は捨てていなかった富岡が田宮のあとに続いた。

「ご休憩やご宿泊は冗談ですけど、僕でよかったら話くらいは聞けますよ？」

前を歩く田宮に富岡がそう声をかける。

「………………」

真摯《しんし》すぎるほどに真摯なその声に、思わず田宮は肩越しに彼を振り返ってしまったのだが、口調同様、あまりに真面目な富岡の表情を前に言葉を失ってしまった。

「やだな、どうしたんです？」

足まで止まった田宮の心中を慮《おもんぱか》ったらしい富岡が苦笑し、顔を覗き込んでくる。

「いや、その……」

常にふざけているように見せてはいるが、富岡の田宮に対する恋情は、真剣この上ないものだった。それがわかるだけに、そしてその真剣な気持ちを自分が受け入れることができないということもわかっているだけに、なんと返したらいいのかと逡巡《しゅんじゅん》していた田宮の前で、富岡がまた苦笑する。

「そんな顔されると、僕のほうが困ってしまう」

気にしないでくれていいんですって、と言う富岡に対し、ますますかけるべき言葉を失った田宮が、無意識のうちに視線を周囲に泳がせる。

「あ」

そのとき視界に飛び込んできた光景に、驚いたあまり田宮が声を漏らした。

「え？」

田宮の視線を追い、富岡もまた振り返る。

「あ！」

彼もまた驚きの声を上げたのは、二人が立っていた位置より後方にあったホテルから出てきた二人連れの片方に見覚えがあったためだった。

「田宮さん、あれって……」

「やっぱり、そうかな？」

示し合わせたわけでもないのに、二人して慌てて電柱の影に身を隠し、ホテル街には珍しい男同士の二人連れが彼らに背を向け去っていく、その姿をじっと目で追う。

「間違いないと思います」

田宮の問いに富岡はきっぱりと頷くと、信じがたい、というように首を横に振りながら、今彼が、そして田宮が見た男の名を口にした。

「あれって確か、高梨さんの後輩だっていう検事じゃなかったですか？　武内とかいう

……」

「……うん……」

頷きはしたものの田宮は、自分も見たその光景をとても信じられずにいた。

「驚いたなあ。昼間っから男とラブホテルにしけ込んでるだなんて。地検にバレたらマズくないんでしょうかねえ？」

「仕事かもしれないだろ」

田宮はそう言いはしたものの、その言葉にはちょっと無理があると認めざるを得なかった。というのも、武内と思われた男の相手は、どう見てもヤクザ者だったからである。

「でも相手、あれ、ヤクザでしょう？」

富岡も同じように思ったらしく、首を傾げている。

「しかし、てっきり彼はゲイ嫌いなんだとばかり思ってたんですが、あれは同族嫌悪だったんでしょうかねえ？」

その感想まで同じで、田宮は思わず富岡に向かい頷きそうになったのだが、人の――しかも高梨の後輩について、あれこれと推測を語り合っていることに対し罪悪感を覚え、話を打ち切ることにした。

「見間違いかもしれないしな。それより早く行こうぜ」

「二人して見間違うことなんかないと思いますけどね」

富岡はそう肩を竦めはしたものの、田宮がもうこの話題をやめたいという気持ちはきっちりと汲《く》み、それ以上に話を続けることはなかった。

やれやれ、と密かに安堵《あんど》の息を吐いた田宮の脳裏に、今見たばかりの武内の顔が蘇る。

富岡の言葉どおり、二人して見間違うわけなどないだろうから、ラブホテルからヤクザめいた男と出てきたのは武内に間違いないだろう。

だがたとえ武内本人だったとしても、自分には関係のないことだ、と思うべきなのだろうが、どうにも気になってしまうのは、田宮の目には武内の表情が酷く暗かったように見えたためだった。

コンプライアンス的にはさておき、恋人との逢瀬《おうせ》を楽しんでいるのであれば、見なかったことにもできた。だが、どうしても田宮には武内が、勤務時間中と思《おぼ》しき今、自ら進んでラブホテルに入ったとは考えられなかったのだった。

無理やりにホテルに連れ込まれているのだとしたら――？　そこに至るシチュエーションは一つも思い浮かばなかったものの、もしも武内が自らの意志に反してホテルに連れ込まれていたのだとしたらどうしよう。いや、きっとそうに違いない――。

だんだんとそうとしか考えられなくなってきた田宮は、商談がすんだあと高梨に連絡を入れようと心を決めていた。

陰で言いつけるような真似をすることに対する罪悪感はあったものの、武内がもしや犯罪にでも巻き込まれているのだとしたら、すぐにも救い出してやらねば、と考えたためである。

おそらく武内は、自分の助けなど望んではいまいが、と、我知らぬうちに溜め息をついた、その溜め息を富岡が聞き逃すはずもなく、田宮の顔を覗《のぞ》き込んできた。

「やっぱり気になるんでしょ？　どうします？　あとでもつけます？」

「仕事どうするんだよ」

馬鹿言うな、と田宮は富岡の尻《しり》を鞄《かばん》でバシッと殴ると、

「痛いなあ」

と顔を顰《しか》めた彼を急《せ》かし、これからプレゼンをしに行くホテルへと向かったのだった。


富岡のトーク力のおかげか、はたまた田宮の準備した客のニーズに応えた資料のおかげか、プレゼンは好感触を得て終わった。ホテルを出ると田宮は、

「富岡、お前先に社に戻っててくれ」

と彼に言い置き、そのまま背を向けて歩き出そうとした。

「いやです」

が、即答した富岡に腕を摑まれ、足を止めざるを得なくなる。

「なんだよ、『いや』って」

ふざけるな、と肩越しに振り返り、富岡を睨み付けた田宮に富岡は、

「ふざけてなんかいませんよ」

と涼しい顔で答えると、

「行きましょう」

と強引に田宮を引き摺《ず》り歩き始めた。

「行くってどこに」

「ホテル」

腕力にものをいわされ、富岡にずるずると引き摺られるままになっていた田宮だが、行き先がホテルと告げられては、足を踏ん張らざるを得なくなった。

「お前、馬鹿じゃないか？」

「あ、やだな、田宮さん。もしかして僕が強引にホテルに連れ込もうとしてるとでも、勘違いしたんですか？」

「え？」

必死で彼の腕を解こうとしていた自分を呆れたように見下ろしてきた富岡を前に、田宮の口から思わず戸惑いの声が漏れる。

「いやだなあ。僕は紳士ですよ。力任せに押し倒すなんてこと、するわけないじゃないです

か」

わざとらしいくらいに憤慨してみせた富岡は、

「ごめん」

と謝る田宮に向かい「許してあげましょう」と偉そうに頷いてみせると、

「じゃ、行きましょう」

と再び田宮の腕を引き歩き始めた。

「行くってどこへ？」

先ほどと同じ問いを繰り返した田宮に、富岡もまた同じ答えを返す。

「ホテル」

「……だから……」

なんだ、やはりホテルか、と足を止めようとした田宮に富岡はパチリとウインクすると、田宮が予想もしていなかった言葉を続けた。

「さっき武内さんが出てきたホテルに行ってみましょう」

「なんだって？」

驚く田宮に富岡が、さも、当たり前のことを語るかのように喋《しゃべ》りかけてくる。

「だって田宮さん、気になってるんでしょう？」

「そりゃ気になるけど、だからってあのホテルに行ったとしても……」

警察の人間でもないのに、何も聞き込めるわけがない、と田宮は富岡を諫《いさ》めようとしたが、強引かつマイペースな富岡は聞く耳を持ってはくれなかった。

「当たって砕けろですよ。さあ、行きましょう」

そう言ったかと思うと、考え直せ、と主張する田宮を引き摺り、あれよあれよという間に武内がヤクザめいた男と出てきたホテルへと到着してしまった。

そのまま富岡はホテルの中へと入っていくと、お互い顔を合わせずにすむという配慮からなのだろう、手元の部分のみ穴が開いているフロントに向かい、己の名刺を差し出した。

「すみません、T社の富岡と申しますが、支配人かマネージャーにお会いできませんでしょうか」

「マネージャー？」

フロントの向こうから年配の女性の戸惑った声がしたあと、出てきた手が富岡の名刺を受け取った。

「少々お待ちください」

そのまま女性は奥に引っ込んだ様子だったが、すぐに「STAFF ONLY」と書かれた扉が開いたかと思うと、中年の、あまりガラがいいとはいえない男が出てきて、富岡を、そして傍に立っていた田宮を、それこそ頭のてっぺんから足の爪先《つまさき》までじろじろと眺めながら問いかけてきた。

「オーナーの田中《たなか》だが、なんか用か？」

胡散臭《うさんくさ》そうに二人を睨む彼に、富岡は満面の笑顔で近づいていった。

「T社の富岡と申します。アポイントメントも取らずに申し訳ありません。実は我々、ホテルのオーナー様に、駐車場をはじめとする監視システムをご提案させていただいておりまして、話だけでも聞いていただけないかと……」

「監視システム？　いらないよ、そんなもんは」

なんだ、飛び込み営業か、と察したオーナーが、帰れ帰れ、と二人を追い出しにかかる。だが押しの強さでは田宮の知る限り社内一である富岡は、それでも、と食い下がった。

「どちらのオーナー様にもご好評いただいているんですよ。駐車場の不正利用もなくなりますし、何より少々問題のありそうなお客様を事前にチェックできます。ランニングコストもそれほどかかりませんし、初期投資も少額ですみます。是非《ぜひ》、お話だけでも聞いていただけませんか？」

「いらねえって言ってんだろ。監視カメラなんかつけたほうが、客が減っちまうんだよ」

粘る富岡を早く追い出したいのだろう、田中と名乗ったオーナーがドスの利いた声を出す。

「なるほど、ヤバめのお客様のご利用が多いということですね」

さすがは富岡、凄《すご》まれたくらいでは退く素振りも見せず、逆に身を乗り出しそう問い返した。

「ああ、そうだよ」

だから帰れ、と田中が尚《なお》も凄む。見るからに『真っ当』ではない相手に臆《おく》することなく向かっていく富岡の度胸は買うが、あまり深入りすると危険では、と田宮ははらはらしながら二人の様子を見つめていた。

「お客様がヤバめでしたら尚更、監視システムはお入れになったほうがよろしいんじゃないでしょうか。何か問題が起こった際、証拠画像があるのとないのとでは警察の対応も違ってきますし」

「警察なんかにゃ頼まないよ。さあ、帰った帰った」

田中が富岡を押しやるようにして、出入り口へと向かわせる。

「大変お邪魔しました。どうもありがとうございました」

そこまでされてはさすがの富岡も諦めたらしい。笑顔でそう礼を言い、田中に向かって深く頭を下げた。横で田宮も慌てて頭を下げる。

田中は二人を見て、ふん、と鼻を鳴らすと、踵《きびす》を返し奥へと引っ込もうとした。その背にすかさず富岡が声をかける。

「ところでこのホテルは、男同士の利用もＯＫなんですか？」

「なんだと？」

今度は何を言い出したのだ、と田中が振り向き富岡を睨む。

「いえ、先ほど男同士の二人連れを見たもので。なんでもアリなのかな、と思いまして」

「…………っ」

富岡の言葉を聞き、田中がはっとした顔になったのを、田宮は見逃さなかった。

「男同士は断るホテルも多いじゃないですか」

「うるせえっ！　余計なこと、喋るんじゃねえぞ」

話を続けようとする富岡に向かい、あからさまなほど動揺している様子の田中が、語気荒く怒鳴りつけながら、胸倉を摑まんばかりの勢いで駆け寄ってくる。

「大変失礼しました。それではまた」

その剣幕に押され――たフリをした富岡が、田宮に目配せしたあと慌てた様子で外に出ようとする。

「何が『また』だ！　二度と来んなよ！」

田中の怒声を背に田宮もまたホテルの外に出たのだが、自動ドアが閉まった途端彼は富岡と顔を見合わせ頷き合っていた。

「あのオーナー、『男同士の二人連れ』に心当たり、ありそうでしたね」

自分が気づいたのと同じことに気づいたらしい富岡の言葉に、田宮もまた大きく頷き返す。

「やっちゃん絡みのヤバいホテルということなんでしょうが、そんなところにどうしてまた武内検事が……」

「……うん……」

富岡の言うとおり、ヤクザがバックについているようなホテルに、どう見てもヤクザと思しき男と出てくるとは、やはり武内は無理強《じ》いされているのではないか、という考えが田宮の頭に浮かぶ。

高梨が今、事件に追われていることはわかってはいるが、彼の耳には入れておいたほうがいいだろう、と田宮は再び、富岡を先に社へと帰そうとした。

「富岡、悪いけど先に戻っていてもらえるか？」

「わかりました。なんだったら直帰にします？」

と、先ほどとは打って変わり、富岡が素直に田宮を送り出してくれようとする。あまりの豹変《ひょうへん》ぶりに、何か裏があるのでは、と田宮はつい、疑いの目を向けてしまった。

「なんです？　その目は」

いやだなあ、と富岡が口を尖らせる。

「どうせ今の件を高梨さんに報告しに行くんでしょう？　もう五時を回ってますし、上には上手く言っておきますから」

「富岡……」

高梨と顔を合わせると富岡は、ライバル心剝き出しの態度で高梨を挑発しまくる。その彼がこうも気を利かせたことを言ってくれるとは、と田宮は半ば啞然と、半ば感動しながらついついその顔を見つめてしまった。

「お礼がしたいんですか？　ならキスでいいですけど」

にっこり、と富岡が微笑み、田宮に向かって顔を突き出してくる。

「馬鹿」

富岡はそんな彼の頰《ほお》を叩く真似をしたあとに、深く頭を下げた。

「ありがとな。いろいろと」

「別に、僕の好奇心を満たすためでもありましたから」

田宮が礼を言ったのは、就業時間中に高梨の許《もと》へと向かおうとしていることに対する上司へのフォローもあったが、高梨に伝える情報を――武内が男と出てきたホテルの情報を収集する手助けをしてくれたことに対する礼でもあった。

手助けというよりは、富岡がいなければあのホテルがヤクザ絡みであることなどわからなかった、と感謝を込めて礼を言う田宮に対し、富岡は、

「だから、お礼はキスでいいですって」

と、尚もふざけてみせると――そこまでしてもらうのは申し訳ないと恐縮している自分への気遣いだと田宮は見抜き、更に恐縮したのだった――笑顔のまま、

「それじゃ、また明日」

と右手を上げ、駅へと向かって歩き出してしまった。

「ありがとな！」

背中に声をかけた田宮を振り返ることなく、ひらひらと手を振りながら富岡が遠ざかっていく。

もしも富岡との間にあるのが『友情』ならば、田宮も彼が自分のためにしてくれるさまざまな行為に対し、こうも恐縮しないのだが、富岡の抱いている想いは『友情』ではなく『愛情』だと知っているだけに、そして、彼のその『愛情』には応えてやることはできないのだということもまたわかっているだけに、富岡の好意による恩恵のみ受け入れてしまうことに、どうしても田宮は罪悪感を抱いてしまうのだった。

富岡に気を持たせるようなことはしてないし、どちらかというとこれ以上はできないというくらいのきっぱりした拒絶を態度で示しているつもりではいるのだが、結果として常に富岡のフォローを受けてしまうのを反省せずにはいられないのは、田宮の潔癖、かつ真っ直ぐな性格と、心根の優しさの表れといえた。

本当にどうしたらいいのだ、と、人波に紛れていく富岡の背を眺めながら溜め息をついた田宮だったが、いつまでもこうしていても仕方がない、と気持ちを切り替え、せっかくの富岡の好意を生かすべく、車道に足を踏み出しちょうどやってきた空車のタクシーに手を上げた。

「警視庁、お願いします」

行き先を告げると運転手が興味深そうな顔になったので、色々と話しかけられては面倒だと田宮は携帯を取り出し、会社のアドレス宛に届いたメールをチェックし始めた。幸いなことに至急の件はない、とほっと安堵の息を吐いたあとも携帯の画面を見つめ続けていたその画面の上に、幻の武内の姿が浮かぶ。

本当にあれは武内だっただろうか――富岡もそうだと認識していたので、人違いではないという一応の自信はあったものの、考えれば考えるだけあり得ない気がしてきてしまう。

数日前、沖縄料理店で顔を合わせたときの彼の印象は、以前会ったときとまるで変わらないものだった。

初対面のときに武内は、高梨がゲイであることにショックを覚え、田宮に対して何かとつく当たってきた。あれは田宮に問題があったわけではない、おそらくゲイが嫌いなだけなのだ、と高梨はあとからそうフォローしてくれたのだったが、そのゲイ嫌いの武内が男と――しかも、どう見てもヤクザという男とラブホテルに行くなど、信じがたいとしかいいようがない。

のっぴきならない理由があるのだろうが、果たしてその理由とはなんなのか――あれこれと考えていた田宮は、それは自分がすべきことではないか、と敢《あ》えて思考をストップした。武内は自分になど詮索《せんさく》されたくはないだろうと思ったためである。

事件で多忙を極めている高梨を、事件以外のことで煩わせるのは申し訳ないとは思うが、高梨にとって武内は大切な後輩であるのだから、やはり知らせるべきだろう。知らせたのが自分だとわかれば、今まで以上に武内には疎まれることになるかもしれないけれど、と、思う田宮の口から思わず溜め息が漏れた。

高梨が大切に思う相手から嫌われるのはやはり辛いものがある。今まで高梨の周囲からは比較的——どころか、ほぼ百パーセントの確率で、二人の関係を温かく迎え入れてもらってきただけに、尚更その思いは強かった。

今までが恵まれすぎていたのだ、と田宮は自分に言い聞かせたものの、辛いという思いまでは抑え込むことができず、またも溜め息をついてしまいながら携帯をパタンと閉じた。

「あ」

閉じてから、そうだ、事前に高梨に連絡を入れようかと思いつき、再び携帯を開いたとき、タクシーはちょうど警視庁の前へと到着した。

「こちらでよろしいですか?」

「あ、はい」

問いかけてくる運転手に頷いて金を払う。車を降り立った際田宮は、しまった、何か差し入れでも買ってくればよかった、とまた思いついたが、今となってはあとの祭りか、と諦め、通い慣れたる捜査一課へと向かった。

いつものように室内に入ろうとした田宮は、今日に限って入り口近くに座っていた女性事務員に呼び止められてしまった。

「どちらにご用ですか？」

「あの、高梨さんにお会いしたいんですが」

田宮にとって見覚えがないのと同じく、事務員もまた田宮が高梨の関係者であることを知らないらしく、

「高梨警視ですか？」

と訝《いぶか》しげな顔になると、背伸びをし、遥《はる》か遠くにある高梨の机の辺りを窺《うかが》ったあと、近くにいた若い刑事に、「高梨警視は？」と問いかけた。

「金岡《かなおか》ラインは確か今、会議中だろ？」

若い刑事は忙しかったのか、面倒臭そうに彼女の問いに答えると、隣の席の刑事との話題に戻ってしまった。

「会議中です」

事務員が聞いたとおりに田宮に繰り返す。取り次いでくれ、と言えば、おそらく嫌とは言うまいが、会議中呼び出すのも悪いかと田宮は考え、愛想がいいとはいえない彼女に伝言を頼むことにした。

「申し訳ないんですが、会議が終わってからでかまいませんので、携帯に電話をほしいと伝言お願いできますか？」

言いながら田宮はポケットから名刺入れを取り出すと、中から一枚抜き取り、相変わらず訝しげな顔をしている事務員に渡した。

「……はい」

名刺の社名を見て、ますます彼女は不審そうな顔にはなったが、一応、

「高梨警視宛ですね？」

とリマインドはしてくれた。

「はい。よろしくお願いします」

田宮は彼女に丁寧に頭を下げると踵を返し署の外へと向かった。やはり高梨は多忙を極めているらしい。これから一度家に戻り、着替えとそれに差し入れを持って再度来よう、と心を決めた田宮の歩調は駆けるほどの速さになっていた。

まさか今、高梨が出席している会議に、二時間ほど前に新宿で見かけた武内もまた出席していることなど知る由もない田宮は、差し入れには何を作ろうかと一生懸命メニューを考えながら、家への道を急いだのだった。

4

最寄り駅である丸ノ内線の東高円寺の駅に降り立った際、田宮は自分の携帯に留守番電話のメッセージが届いていることに気づいた。

誰だろう、と思いつつ再生してみると、かけてきたのはなんと、高梨だった。

『あ、ごろちゃん？　せっかく来てくれたのにかんにんな。僕もこれから帰るさかい、話は家で聞くわ』

そしたらな、と言い、電話は切れていた。移動時間中にかかってきたのであったのなら、もう少し待っていれば会議は終わったのだろうか、と一瞬田宮は後悔したものの、久々に帰宅する高梨を、彼の好きな料理で迎えようと思いつき、慌ててスーパーへ走った。

帰宅後、大急ぎで夕食の支度をしている田宮の耳に、ドアチャイムの音が響いた。

「はーい」

きっと高梨だ、という確信のもと、玄関に走りドアを開く。

「ただいまあ」

田宮の予想どおり、ドアの向こうにいたのは少し疲れた風貌《ふうぼう》をした高梨で、両手を広げると恒例の『ただいまのチュウ』を求めてきた。

「おかえり」

高梨の胸に飛び込み、しっかりとその背を抱き締め返しながら田宮は高梨と唇を合わせる。

「ん……」

三日ぶりのキス——同棲《どうせい》を始めてもう二年になろうとしているのだが、相変わらず『新婚』状態である高梨と田宮は、未だに挨拶のたびにキスを交わす。

おはようのチュウ、おやすみのチュウ、行ってきますのチュウ、おかえりなさいのチュウ、そしておやすみのチュウ——それこそ『おはようからおやすみまで』何度と数え切れないくらいにキスを交わす、まさに『バカップル』である二人にとっては、たった三日といえども会えない時間は長すぎたために、挨拶のはずのキスがついつい深く、熱烈になっていった。

「……あっ……」

いつの間にか田宮の背に回っていた高梨の腕がすっと下に滑り、田宮の形のいい小さな尻をぎゅっと握りしめる。服越しにそこを指先で抉《えぐ》られ、合わせた唇から田宮が微《かす》かに声を漏らす、それだけでもう、高梨の理性の糸はぶちりと切れたようだった。

「うわっ」

いきなりその場で抱き上げられ、田宮が驚きの声を上げる。高梨はそんな彼を、よいしょ、と抱き直すと、靴を脱ぐのももどかしければ、玄関の鍵《かぎ》をかけるのももどかしいといった性急な仕草でそれらをすませ、真っ直ぐにベッドへと向かっていった。

「良平……っ」

どさりとベッドの上に下ろされたあと、そのままのし掛かってきた高梨の胸を田宮が押し上げる。

「なに？」

「メシは？」

泊まり込みが続き、普段より強く感じる高梨の体臭を嗅《か》いだ途端、田宮の欲情もまた一気に煽《あお》られてはいたのだが、ギリギリに理性を保っていたために彼は、高梨の身体を案じてみせた。

「今はごろちゃんが食べたいわ」

「馬鹿じゃないか」

「そやし、馬鹿やもん」

会話の最中にも、ちゅ、ちゅ、と唇を重ねながら、高梨が田宮のシャツのボタンを外してゆく。

「お腹《なか》、空いてないか？」

自身もまた『待ちきれない』状態ではあったが、尚も田宮が高梨の体調を気遣ってみせる。

「大丈夫やて」

あっという間に田宮を全裸に剝いた高梨は、田宮の勃《た》ちかけた雄を見て、彼の体内に燻《くすぶ》る欲情を把握したあと、それでも自分を気遣ってくれる彼に対する愛しさを募らせながら、裸の胸に顔を埋めていった。

「あっ……やっ……」

全身性感帯といってもいいほど敏感な田宮ではあるが、特に胸への愛撫《あいぶ》には弱く、まだ始めたばかりだというのに彼の唇から抑えきれない声が漏れ始める。三日も顔を合わせずにいたため田宮の声はダイレクトに高梨の欲情に響き、むしゃぶりつく勢いで田宮の乳首を吸い上げると、もう片方を指先できゅうきゅうと抓《つね》り上げた。

「あぁっ」

田宮の背が仰《の》け反《ぞ》り、高い声が放たれる。高梨の余裕の欠片《かけら》もない性急な動作は田宮の欲情にも火をつけたようで、高梨の腹に当たる田宮の雄が一気に硬くなっていく。熱いその感触に欲情を更に煽られた高梨は身体をずり下げると田宮に大きく脚を開かせ、勃ちかけた雄を口へと含んだ。

「やっ……りょうへ……っ……」

またも田宮の背が大きく仰け反り、彼の細い指がシーツをぎゅっと握りしめる。指で竿《さお》をゆるゆると扱き上げながら先端に舌を絡ませ舐《ねぶ》り回す高梨の丹念すぎるほど丹念な口淫《こういん》に、喘《あえ》ぎながら田宮はいやいやというように激しく首を横に振った。

「やあっ……」

前を咥《くわ》えながら、既にひくつき始めていた後孔《こうこう》に高梨が指をずぶりと挿《さ》し入れると、田宮は一段と高い声を上げ、更に激しく首を横に振った。

「どないしたん？」

腰を捩《よじ》り、自分から逃れようとする田宮に、高梨が彼の雄を口から離し、問いかける。

「いやなん？」

問いかけはしたものの、高梨も田宮が本気で拒絶していると思ったわけではなかった。二年という、決して短いとはいえない期間、二人は数え切れないほど身体を重ねているのだが、未だに田宮は行為の最中恥じらいを捨てきることができず、快楽を享受しているさまを隠したがり、こうしてほしい、ああしてほしい、という希望を告げるなどとんでもない、という態度を貫いている。

高梨にしてみれば、感じているのであれば声など抑える必要はない、行為に対して希望があるのなら、なんでも赤裸々に口にしてほしいと願ってやまないのだが、男でいながらにして『大和撫子《やまとなでしこ》』の鑑《かがみ》であるような田宮は高梨の希望を受け入れることなく、恥じらい続けているのである。

それだけに高梨はこうして機会あるごとに、田宮に自身の胸に抱く『希望』を彼の口から語らせたがるのである。田宮も余裕があるときには『馬鹿じゃないか』や『オヤジかっ』と

いうツッコミで応えるのだが、今、彼には余裕の欠片もなかったらしく、譫言《うわごと》のようにただ、

「も……」

と呟き、いやいや、と首を横に振った。

「ごろちゃん……」

快楽が勝り言葉が唇まで上らないという状態の田宮の表情は酷くあどけなく、とても高梨と一つしか年齢に差がないとは信じがたいような可愛らしさで、こんな顔を見せられては我慢などできるわけがない、と高梨はすぐに身体を起こすと、物凄いスピードで服を脱ぎ捨て、全裸になって再び田宮へと覆い被さっていった。

「あぁっ」

両脚を抱え上げ、熱く滾《たぎ》るそこへと——田宮の後孔へと、勃ちきっていた雄をねじ込んでいく。高梨の雄の先端が挿入されたときに田宮は高く喘いだが、高梨が腰を進めようとすると、まだ解《ほぐ》し足りなかったようで、彼の眉間にくっきりと縦皺が刻まれた。

「かんにん……っ」

大丈夫か、と高梨は田宮の身体を労《いたわ》り、慌てて腰を引こうとしたのだが、田宮の両脚が高梨の腰へと回りその動きを制した。

「ごろちゃん……」

「だいじょう……っ……ぶっ……」

辛いだろうに、コクコクと首を縦に振ってみせるその仕草も健気《けなげ》で愛らしく、ますます我慢ならなくなる己の衝動を必死で抑え込みながら高梨は、田宮の両脚を抱え直すとゆっくりと腰を進めていった。

「ん……ん……っ」

眉間の縦皺を深めつつ高梨の行為を受け入れていた田宮だが、やがて高梨がすべてを収めきり二人の下肢《かし》がぴたりと重なると、ほっとしたように大きく息を吐き、にこ、と高梨に微笑みかけてきた。

「……ごろちゃん……っ」

そんな顔を見せられてはもう限界、とばかりに高梨が再び田宮の両脚を抱え直し、激しく腰を打ち付け始める。奥底を抉られる刺激に田宮の欲情にも火がついたらしく、眉間の皺は綺麗に解け、再び高く喘ぎ始めた。

「あぁっ……あっ……あっあっあっ」

二人の下肢がぶつかり合うときに、パンパンという高い音が立つほどの力強い高梨の律動が呼び起こす快楽に田宮はどっぷりと浸かっているようで、喘ぐ声はますます高く、色白の肌は薄紅色に染まっていく。

彼の享受する快感を何より物語っているのは、二人の腹の間で勃ちきり先走りの液を零《こぼ》し続けているその雄だった。

「もう……っ……あぁっ……もうっ……もうっ……だめ……っ……だ……っ」

次第に切羽詰まってくる田宮の喘ぎが、彼の『限界』を高梨に伝える。高梨としては未だ物足りないと言えなくもない状態ではあったものの、何より田宮の望むままにしてやろうという思いから、田宮の片脚を離すとその雄を握り、一気に扱き上げてやった。

「アーッ」

白い喉《のど》を見せて田宮が仰け反り、今まさに絶頂を迎えたと知らしめる高い声を上げて達する。

「……っ」

射精を受け、田宮の後ろが激しく収縮し、高梨の雄を締め上げる。その刺激に耐えられず高梨もまた達し、田宮の中にこれでもかというほどの精を注いだ。

「……ごろちゃん……」

かんにん、とすぐに自身を抜き、残滓《ざんし》をかき出してやろうとした高梨の背を、田宮が両手両脚でぎゅっと抱き締める。

「……良平……」

満ち足りた思いをその笑顔で、背をぎゅっと抱き締める仕草で示してみせる田宮の可愛らしさはもう、筆舌に尽くしがたい、と高梨もまた田宮をぎゅっと抱き締め返すと、息を乱す唇に、頬に、額に、こめかみに、数え切れないほどのキスを落とし、胸に溢れる愛しい思いを伝えようとしたのだった。

「ごろちゃん、寝ときや」

その後、高梨と田宮は二度達し合ったのだが、最後は意識も朦朧《もうろう》としていたはずの田宮は、息が整ってきた途端に高梨の夕食を気にして起き上がった。

そのままベッドを降り、支度を始める田宮に対し、高梨は何度も「ええから寝ときや」と言ったのだが、

「大丈夫」

白い顔をした田宮はそう言うばかりで手を止めず、高梨が帰宅するまでの間にすませていた下ごしらえをすべて完成品にし、食卓に並べたのだった。

「ほんま、おおきに」

食事の支度は手伝ったものの、結局田宮の手を煩わせてしまったことへの礼と謝罪を高梨が口にする。

「たいしたもんじゃないよ」

こういう時の田宮は常に、礼を言われるようなことをしたわけではない、と主張したいあ

まりにぶっきらぼうな態度を取るのだが、今回もご多分に漏れず彼は少しむっとしたような顔になり、愛想なくそう答えたあとに「早く食っちゃえよ」と高梨に料理を勧めた。

「ほんま、地獄から天国や。色気の欠片もない捜査一課にさっきまでおったのに、今は愛情溢れるごろちゃんの飯が食べられるなんて、まるで夢のようやわ」

高梨の言葉には少しの世辞もない。が、言われた当人である田宮は、とても言葉どおりには受け止めかねたようで、

「何を言ってるんだか」

と、謙遜《けんそん》するでもなく、信じがたいという態度を貫いていた。

「ほんまなんやけどなあ」

奥ゆかしいのは田宮の美点でもあるが、必要以上に奥ゆかしくなることはないのだ、と、言い聞かせようとした高梨の頭に、今頃になってようやく田宮が警視庁に残した伝言メモが蘇った。

「ところでごろちゃん、署に来てくれはった用件ってなに？」

「あ！」

高梨が問う瞬間まで田宮はそのことをすっかり忘れていた様子だった。慌てた声を上げたかと思うと、室内には高梨と田宮、二人しかいないというのに心持ち声を潜め、話を始めた。

「実は今日、歌舞伎町のラブホテルから出てくる武内さんを見たんだ」

「なんやて？」

高梨が戸惑いの声を上げたのは、まさに彼が今、武内の行動について疑問を覚えていたためと、もう一つ、なぜ田宮が『ホテル街』にいたのかという理由が気になったためだった。

「仕事だよ？」

高梨の思考の後半にすぐ気づいた田宮はそう言葉を足すと、自分が見たとおりの光景を話し出し、高梨はその話を真面目な顔で頷きながら聞いていた。

「……というわけで、後ろ盾にヤクザがいる怪しげなラブホテルから、武内さんが出てきたのは間違いないと思うんだ。もしかしたら、脅されているのかもしれないと心配になって……」

武内が自分のことをあまりよく思っていないという認識は、田宮も抱いていた。こうして見聞きしたことを高梨に告げるのは、決して『陰口』を叩こうとしたわけではなく、武内の身を心配してのことなのだと、田宮は高梨にわかってもらいたいと願っていたのだが、田宮の考えていることなら百パーセントわかると常日頃豪語している高梨は、今回も心得た、とばかりに大きく頷いてみせた。

「わかってるて。実は武内には僕も、首を傾げとうなることがあったんや」

「え？」

どういうことなのだ、と田宮が問い返したのに、高梨は一瞬だけ、どないしようかな、という顔になったものの、すぐ笑みを浮かべ田宮に答えた。

「武内の様子がおかしいねん。なんや、いつもの彼らしうない、いうか……」

「そうだったんだ……」

詳細を聞くのは申し訳ないと思いつつも、やはりあれは武内だったのかという確信を深めた田宮は、それだけにやはり武内が脅されているのではないかと、尚更に彼のことが心配になってきてしまった。高梨もまた武内の身を案じたようで、田宮に確認を取ってくる。

「ごろちゃんが武内をホテルで見たんは、何時頃やった？」

「夕方の五時ちょっと前だった。五時からアポがあったので間違いない」

「ホテルの名は？」

「ホワイトシャトー。歌舞伎町の裏手のホテル街にあった。外観も内装も古びてたよ」

「ヤクザ絡みというのはなんでわかったん？　もしかして、確かめてくれたんか？」

その問いかけをしてきたときの高梨の目には、これでもかというほどの心配の色があった。無茶をするな、と言いたげな彼を安心させようとした気持ちが半分、あとの半分はこれは自分の手柄ではないのだ、という正直さから田宮は事情をすべて説明したのだった。

「俺じゃないんだ。富岡が聞き出してくれたんだ」

「富岡君が？」

途端に高梨の声のトーンが上がり、眉間にはくっきりと縦皺が刻まれる。富岡は田宮と高梨の『関係』を把握しているだけでなく、実に男らしく——とでもいうのだろうか、自分が田宮を好きだという気持ちを、高梨に毎度アピールしてくる、ある意味勇者だった。

高梨もまた子供じみたところがあるので、富岡の挑発には毎度きっちり乗ってしまうのだが、実際のところ、いくら勤め先が同じで共に過ごす時間が長くはあっても、田宮が富岡によろめくはずがないと高梨は自分の最愛の恋人を信じていた。

だが信頼関係があれば嫉妬心《しっとしん》を抱かずにすむというわけにはいかず——その上、相手がいかにも挑発的であるこの場合は殊更である——高梨は田宮の口から富岡の名が出るたびに、つい眉間に縦皺を刻んでしまう。

「うん。頭の回転が速いというか度胸があるというか……ホテルのオーナーを呼んで聞き出したんだ」

田宮も敏感な男であるので、高梨の富岡に対する感情を勿論把握してはいるのだが、逆に富岡の名を伏せたほうがより不自然であるし、また、勘ぐられもしようという判断の許、あるがままの事情を説明したのだった。

「ホワイトシャトーか……調べてみるわ」

おおきに、と高梨は笑うと、ちら、と自分の顔を窺い見た田宮を胸に抱き寄せ、耳元に囁いた。

「あかん。またヤキモチ妬《や》いてもうたわ」

「……良平……」

苦笑しながら告げられた言葉に、背をぐっと抱き締めるその腕の感触に、田宮がなんともいえない視線を高梨に向けたあとに、逞《たくま》しいその胸に顔を埋める。

「ごろちゃんのことは信じとるんやで。でもあかんな。富岡君の名前を聞くとつい、嫉妬してまうんや。どーんと構えておれたらええんやけどな」

「……良平……」

自嘲する高梨は、田宮の腕が自分の背をより強い力で抱き締めてきたことに気づいた。

「ごろちゃん……？」

「どーんと構えててくれて、大丈夫だから」

ぼそり、と殆《ほとん》ど聞こえないような声で、田宮が呟く。

「……おおきに……」

心配する必要などないのだ、と主張してくれた恋人の背を高梨は力一杯抱き締めると、心からの感謝と愛《いと》しさを込め、耳元にそう囁いたのだった。

翌朝高梨は、たっぷりと休養――というより、エネルギー注入とでも言おうか――を取った身体で捜査本部へと戻ってきた。

「高梨、早いな」

もっとゆっくり来ればいいのに、と笑顔を向けてきた上司、金岡を高梨は、

「お話が」

と別室へと呼び出した。

「なんだ、話って？」

不審そうに眉を顰《ひそ》める金岡に高梨は、

「実は……」

と、田宮が見たという武内に関する情報を明かした。

「なんと……」

話を聞き終えた金岡が、戸惑いの声を上げる。

「お前の言いたいこともわかる……が、ちょっと無理があるんじゃないか？」

なんともコメントしづらい話の内容に対し、考え考えそう告げた上司に高梨は、

「そうやったらええんですけど」

と複雑な表情になり溜め息をついてみせた。

「まあ確かに、昨日の武内検事の発言は不自然と言えば不自然だったが……」

ううん、と金岡が腕を組み唸る。

二人をそうも悩ませているのは、金岡も口にした昨日の捜査会議での武内の態度にあった。武内は捜査会議への参加には普段から積極的であり、昨日の夕方から開催されたその会議にも出席予定だった。

几帳面《きちょうめん》な性格がそうさせるのか、武内は常に開始時間よりも十分は早く到着する。にもかかわらず昨日に限って彼は三十分ほど遅刻してきた上に、捜査本部の立てた方針を真っ向から否定したのだった。

ミトモからの情報により、殺されたホストが勤める店と暴力団『加納組』との繋がりと、その店で行われていたという覚醒剤売買を中心に捜査を進めていたのだが、それに武内が待ったをかけた。

「覚醒剤売買が本件にかかわっているという情報の入手先はどこですか」

厳しい口調で問い詰めてきた彼に高梨は、

「信頼できる情報筋からです」

と答えるに留《とど》めたのだが、武内は納得しなかった。

「はっきりと名言できない情報筋を信頼はできません」

一刀両断、斬《き》って捨てると「せやから」と口を開きかけた高梨の口を塞ぐべく立て続けに指示を出した。

「殺されたホストは犯行場所に一人で入ったのですよね？　ということはホストを呼び出し

たのは顔馴染みということになりませんか？　顔馴染みの犯行となればまず、怨恨《えんこん》の線から攻めるべきでしょう。仕事先であるホストクラブ内での確執がなかったか、客との間でトラブルはなかったのか。まずそこを重点的に調べてください。いいですね？」

「勿論、ソッチも当たっています」

「ソッチ『も』ではなく、そちら『を』捜査してくださいと言っているのです。いいですね？」

武内は一方的にそうまくし立てたかと思うと、

「明日また結果を聞きに参ります」

と言い捨て、会議の途中であるにもかかわらず退室してしまったのだった。

「今までは捜査方針にああも口出ししてくることはなかったが……」

「一体どうしたんだ？」

武内がいなくなったあと、捜査一課と新宿西署の刑事たちは口々にそう言い首を傾げはしたものの、検事の指示には従わざるを得ず、捜査員の大半を被害者の身辺調査へと割く方向で捜査方針が固まった。

「……武内が『加納組』に脅されているのか否か、調べよう思うとるんですが」

不自然極まりない武内の――信頼してやまない後輩の行動が暴力団からの脅迫にあるとは、高梨は考えたくなかった。が、もしも本当にそうだとしたら、高梨は武内を救ってやりたいと思っていた。武内ほどの意志の強い高潔な男が脅迫に屈するのは、相当な出来事が彼の身に起こったからとしか思えなかったためである。

苦悩に身を置いているのであれば助けてやりたい。だがそのためには上司の許可が必要となる。それゆえ高梨は、やはり彼が信頼してやまない上司の金岡課長にすべてを打ち明け、単独捜査の許可を得ようとしたのだった。

「……わかった」

さすが高梨が全幅の信頼を寄せているだけのことはあり、金岡は彼のイレギュラーともいえる申し出を無条件で承諾した。

「相手は暴力団だ。あまり危ない橋は渡るな。一人では手に余るようなら応援を出す」

「課長、ありがとうございます」

通常こういった許可が下りることは警視庁内では皆無に等しい。許可を与えたことで自分に責任が生じるのを避ける上司が多いからである。己の経歴に傷を残すことを避けるのは人情としてわかるとはいえ、金岡のように正義感が強く、身体を張って部下を守ろうとしてくれる上司と出会えた幸運に高梨は今、至上の喜びと感謝を覚えていた。

深く頭を下げた高梨の肩を金岡は、

「頑張れ」

と叩くと、彼を残し部屋を出ていった。自分が信頼を寄せているのと等しく、自分に対しても信頼を寄せてくれている課長の期待に応えねば、と高梨は拳《こぶし》を握り締めると、武内に張り付くために地検へと向かったのだった。

武内はその日、夕方までずっと地検から外には出なかった。夕方には警視庁で捜査会議が開かれる。そのために外出した彼を尾行しながら高梨は、会議の席上に自分がいないことを武内は不審に思うかもしれないと気づき、尾行をやめて警視庁に戻るか、と一瞬悩んだ。

と、そのとき武内の足が止まり、スーツの上着の内ポケットから彼は携帯を取り出した。

「……？」

至急の用件なのか、路上で立ち止まり電話に出ている武内の後ろ姿を高梨は物陰に身を潜め窺っていたのだが、電話を切った途端、武内が路上に駆け出したのには驚き、慌ててあとを追おうとした。

走って来た空車のタクシーを捕まえ乗り込んでいった武内を追おうと、高梨もまた車道に飛び出す。だがタクシーはなかなか来ず、高梨を最高に苛立《いらだ》たせた。

ようやく来た空車に手を上げ停めたものの、行き先を尋《たず》ねてきた運転手に高梨はどこと答えるべきかを悩み、一瞬口ごもった。

「お客さん？」

高梨を刑事と知らない運転手が、不審そうな声を上げ振り返る。

「歌舞伎町。歌舞伎町にやってください」

そのとき高梨の頭にピンと閃《ひらめ》くものがあった。外れ知らずと称賛されることの多い彼の勘が働いたのである。

おそらく武内の行き先は、田宮が目撃したというラブホテルだ――何一つ根拠はなかったが、そうに違いないという確信に近い思いを高梨は今、抱いていた。

その確信はタクシーの車中で金岡に電話をし、武内が捜査会議への出席を先ほどキャンセルしてきたという話を聞くにあたり、ますます深まっていった。待ってろや、と心の中で呟く高梨の脳裏に、武内の凜《りん》とした横顔が蘇る。

学生時代から武内は不正を嫌う倫理観の強い男だった。真面目すぎるという理由で周囲から孤立したことがあったほどである。それは、皆がごく日常的にやっている授業の代返を彼が疎み、周囲から誘われても決して参加しなかったために起こったのだった、と、高梨は当時を懐かしく思い返した。

後期の授業が終わった日、武内が部室で同級生たちに取り囲まれているところに偶然高梨は来合わせた。血相を変えていた皆が言うには、協力して代返をし合っていた人間が皆、成績がCであったり、単位を落とした、それは武内が教授に密告したからだ、とのことだった。

正義感が強いのは結構だが、そこまでしなくてもいいだろう、と、皆激昂《げっこう》し、武内に食ってかかっていた。武内は口を閉ざし、一言も喋らない。

「武内がやったいう証拠でもあるんかい」

高梨の問いに皆は口を揃《そろ》え、武内が何も喋らないのがその証だ、と騒ぎ立てたのだが、高梨は武内が酷く傷ついた表情を浮かべていることに気づき、教授に言いつけたのは彼ではない、と確信したのだった。

「武内やない。僕が保証するわ」

体育会運動部では、先輩は絶対的存在となる。先輩の中でも主将であった高梨の言葉に、皆、表立って反論はしなかったものの、信じがたいと思っているさまはひしひしと伝わってきた。それがわかった高梨は実際教授に事情を聞きに行き、密告は確かにあったがそれは代返が教授に露呈した女子学生が、一連托生《いちれんたくしょう》とばかりに密告したのだという事実を究明すると、それを部員たちに知らしめた。

「武内は真っ直ぐな男や。せやから代返もせえへんかった。真っ直ぐやから、仲間を売るような真似もせえへん。そんくらい、わかってやらんでどないすんねん！」

高梨はそう後輩たちを叱責《しっせき》し、彼らは皆高梨と、そしてあらぬ疑いをかけた武内に謝罪したのだった。

そのことがきっかけとなり、武内は部員たちとの間に信頼関係を築き、後に主将を任せられるのは彼しかいない、となるのだが、それだけに武内は高梨に対し、そこまでせんでもええ、と言いたくなるほどの感謝の念を抱いてくれていたのだった。

「でもどうして先輩は、僕じゃないってわかってくれたんですか」

あとになって武内は何度か、高梨にそう問いかけてきたが、そのたびに高梨は、

「当たり前やないか」

と明言を避けていた。プライドの高い武内に気を遣ったゆえに明かせなかったその理由とは、酷く傷ついた顔をしていた武内が今にも泣き出すように見えたから、というものだった。

人付き合いは苦手ながらも、武内にとって柔道部の皆は信頼できる『仲間』だった。なのにその『仲間』から疑われたことに武内は反論もできぬほどに傷ついていた。だがそれこそ人との付き合い方を知らない彼は、泣きたいほどに傷ついていても、そんな己が胸の内を打ち明ける術《すべ》を持たないのだ。だから高梨がひと肌脱いだ訳なのであるが、武内はそのことに酷く感激していたようだった。

不器用ではあるがこの上なく真っ直ぐな性格の武内が今、ヤクザに取り込まれようとしている——信じがたい、と思うあまり、高梨の口からは大きな溜め息が漏れていた。

「お客さん？」

溜め息があまりに大きすぎたのか、どうしたのだ、と運転手がミラー越しに問いかけてくる。

「ああ、かんにん。なんでもないんや」

慌てて運転手相手にフォローを入れた高梨の脳裏には、遠い学生時代のあの日——同級生から突き上げられていた武内の、酷く傷つき泣きそうになっていた表情が浮かんでいた。

5

歌舞伎町に到着すると高梨は車《タクシー》を降り、田宮に教えられたラブホテルを目指した。入り口が見える路地に身を隠し、ひたすら武内が出てくるのを待つ。

空振りかもしれない——それを避けたいのなら、ホテルに出向き、警察手帳を見せて、今、男同士の客はいるのかとチェックすればいいことなのだが、そうするのは躊躇《ためら》われた。

その躊躇いに対し、それらしい理由をつけることはいくらでも可能だった。ホテルが加納組と通じている場合、警察の介入を知られるのはマズイなど、いくらでも捻《ひね》り出せたが、実際高梨が積極的な行動を起こさなかった理由は、ホテル内に武内がいなければいいと願っていたためであった。

だが同時に高梨は、武内はいるに違いないという確信も抱いていた。自分のしていることは単に、結果を先送りにしているだけじゃないかという思いもあったが、それでも高梨はその場を動くことはせず、じっとラブホテルの出入り口を見つめていた。

彼の期待がある意味裏切られ、ある意味当たるのを知るには、それから一時間ほどの時を要した。

「……っ」

一時間後、あまりにも見覚えがある姿がホテルの出入り口から現れたのを見て、高梨はあ、と思わず息を漏らした。

今、彼の目の前には武内がいた。俯《うつむ》いているために表情はよく見えなかったが、確かに武内だ、と確認する高梨の胸にはやりきれない思いが渦巻いていた。

田宮が言ったとおり、どう見てもヤクザと思しき男と共にホテルを出てきた武内は、ヤクザとはホテルを出たところで別れ、とぼとぼと、おそらく駅へと向かって歩き始めた。

ヤクザ風の男のほうは、肩で風を切るような歩き方で道を進んでいく。尾行するのはこっちだ、と高梨は一人頷くと、その男のあとをこっそりとつけていった。

男が背後を気にする素振りも見せず、真っ直ぐに向かった先は、これまたある意味予想どおりとも言うべき『加納組』の組事務所だった。男は事務所内に吸い込まれていったかと思うと、約十分後に配下の者を引き連れ再び歌舞伎町の繁華街へと向かっていった。

みかじめ料でも取る気か。はたまた定期見回りか。わからないながらも高梨はまたもこっそりとそのあとをつけた。

チンピラたちを引き連れたその男は、ふらりと店に入ったかと思うと、五分もしないうちにその店から出てくる。やはりこれはみかじめ料の集金か、と、高梨は一応判断したものの、そうと断定するにはまだ材料が足りないと尾行し続けた。

結局男は八軒ほどの店を回ると、また『加納組』の事務所へと戻ってしまった。この後も彼を見張るか、はたまたその正体を突き止めるかと高梨は一瞬悩み、後者を選ぶことにした。

男が最後に訪れた店に向かい、手帳を出す。

「な、なんでしょう。ウチは別にそんな、ヤバイことは……」

いきなりの刑事の来訪に、大勢の外国人ホステスがフロアで化粧直しをしていた開店前のクラブの店長は内心の動揺を必死に押し隠そうとしながら、引き攣《つ》った笑顔を高梨へと向けてきた。

「ついさっき、加納組が来たでしょう？」

「え？」

店長は高梨の問いに、ますます動揺してみせたが、高梨が外国人ホステスへと視線を向けると、慌てて「そうです」と頷いた。どうやら不法滞在者でも使っているようだ、と察した高梨は、わざとらしいくらいにホステスたちを見ながら問いを重ねる。

「来たのは加納組の誰です？」

「誰って……」

高梨の問いが意外だったらしく店長は戸惑った顔になったものの、質問には答えてくれた。

「若頭です。名前は確か矢神《やがみ》さんといったかと……」

「若頭の矢神、ですね」

確認を取った高梨に店長が「はい」と頷いてみせる。

「ありがとうございました」

高梨が礼を言い、笑顔を向けた。

「あ、いえ……」

あからさまに安堵した表情になった店長もまた高梨に笑顔を向けてきたが、去り際に残した高梨の言葉がその笑顔を引き攣らせることとなった。

「まさかと思うけど、不法就労者はおらへんよな？」

「も、勿論です！」

答える声がひっくり返っている。これはいるな、と内心高梨は頷いたあと、そうだ、とあることを思いつきそれも店長に問うてみた。

「シャブも扱ってへんよな？」

「やってません！　ウチでは本当にシャブはやってませんので！」

店長がぶんぶんと激しく首を横に振る。否定の仕方が先ほどと違うことに気づいたのと同時に、『ウチでは』という言葉に引っかかりを覚え、高梨はそこを突っ込んでみることにした。

「他所《よそ》ではやっとる、いうことか？」

「あ、いえ、そういう意味では……」

途端に店長の目が泳ぎ、彼の顔面からみるみるうちに血の気が引けていく。

「心当たりがある、いうことかな？」

彼は突っ込んで尋ねれば吐くな、と高梨は判断し、顔面蒼白《そうはく》になった店長に顔を近づけ、ドスを利かせた声で問いかけた。

「し、知りません。ほんとに知らないんです。ただ、噂を聞いたことがあるだけで」

言い逃れができないと諦めたらしい店長は、あわあわとしながらもそう答えたのだが、彼の様子に嘘をついている気配はなかった。

「噂って、どないな噂？」

予想を外したか、と諦めつつも問いかけた高梨は、返ってきた店長の答えを聞き、緊張を新たにした。

「か、加納組がシャブの売買を管轄の店にやらせてるって噂です。う、ウチじゃ本当にやってません。矢神さんからはシャブのシャの字も言われたことありませんので……っ」

やはり加納組はシャブの売買にかかわっているらしい。が、この店長には嘘をついている様子はない。組のほうで売買をやらせる店を選んでいるということだろうが、その答えはこの店長からは得られないだろう。高梨はそう判断すると、

「おおきに」

と店長の肩を叩き、怯《おび》えてみせる彼を残してそのまま店を出た。

高梨はその足で真っ直ぐ新宿二丁目に向かい、『three friends』のドアを開いた。

「あらあ、いらっしゃあい」

開店前の仕込みをやっていたらしいミトモが、高梨の姿を認めると、カウンターの内側で手を止め満面の笑みを向けてくる。

「今日はお一人なの？　いやーん、まさかと思うけど、プライベートでのご来店？」

浮かれた声を上げ、どうぞどうぞとカウンターへと手招きしながらミトモが問いかける。

「それならええんですけど」

苦笑した高梨に対し、ミトモは、

「もしかしてこの間の事件のこと？　加納組についてだったらもう、お邪魔虫の新宿サメに連絡入れたわよ？」

いかにも残念そうな顔でそう答えると、高梨が注文も何もしないうちに彼の前にグラスを置いた。

「勤務中ですさかい」

「カタいこと言わないのよう。アタシの奢《おご》りだからさ」

言いながらミトモが、おそらくこの場に納がいたら『信じられねえっ』と絶叫したに違いない最高級のヘネシーのボトルを——しかも新品を空け、どばどばと高梨のグラスへと注《つ》いでしまった。

「あ、あの、ミトモさん？」

「ああ、氷ね。ちょっと待って」

語尾にハートマークでもつきそうな勢いでミトモはそう言うと、制止する高梨の言葉など少しも聞かずに氷を彼のグラスに落とした。

「それじゃ、かんぱーい」

「あ、あのねえ」

強引にグラスを合わせてきたミトモに対し、高梨は困り果てた顔になったものの、ここまでされては飲まないわけにはいかないと腹を括《くく》り、グラスを一気に呷《あお》った。

「いやーん、高梨さん、飲みっぷり、いい〜！」

ミトモが嬌声を上げ、再び高梨のグラスにヘネシーを注ごうとする。

「あかん、ここまでや」

慌てて高梨はグラスに手で蓋《ふた》をすると、

「えー」

とつまらなそうな声を上げたミトモを見上げ、問いかけた。

「加納組の若頭で矢神っちゅう男がおるんやけど、なんぞ評判、聞いてへんやろか？」

「聞いてるわ」

自分の問いに対し、あまりにもミトモがあっさりと頷いてみせたのに、高梨は瞬時啞然としてしまった。

「あっ」

その隙を突かれ、再び彼のグラスにヘネシーが注がれる。

「……ミトモさん……」

「あら、やだ、別に高梨さんからぼったくろうなんて思ってないわよ？　コレはアタシのオゴリ。だって高梨さん、全然ウチの店じゃ飲んでくれないんだもの」

じろ、と睨む高梨の前で、ミトモはわざとらしいほどにしょげてみせたあと、

「いや、金は払いますさかい」

と慌てた声を上げた高梨に向かい、にっと笑ってみせた。

「いらないわよう」

「でもそんな高い酒のラベル切ってもろうては……」

「いいのいいの。どっかの酔っぱらいにでも押しつけるからさ」

「しかし……」

任せてよ、と胸を張るミトモに、それじゃあ彼の『オゴリ』にはならないのではないかと思いつつも高梨は言い縋《すが》ったのだが、

「そんなことより、矢神でしょう？」

と話を振られ、そちらの話題に飛びついた。

「せや。有名な男なんですか？」

高梨の問いにミトモは「まあ、有名っていえば有名なのかも」と頷いたあと、彼がなぜ矢神の評判を知り得たかを説明してくれた。

「この間、加納組の覚醒剤取引について調べてほしいって言われたじゃない？　そのときに加納組の内部事情も調べたの。ちょっと気になったからさ」

「気になった？」

なるほど、そういうわけか、と頷いた高梨が、ミトモの言葉尻を捉え問いかける。

「どうも今、組は二つに割れてるみたいなのよね。加納組って最近代替わりしたんだけどさ、組長は錦戸《にしきど》っていう三十代半ばの男なんだけど、彼がシャブ取引に積極的みたい。もともと先代がシャブ反対派だったこともあって、今、組内はシャブ賛成派と反対派で二つに割れてるんですすって」

「そうですか……」

頷いた高梨の脳裏に、不法滞在者をホステスとして使っていると思しきバーの店長の話が蘇る。

『か、加納組がシャブの売買を管轄の店にやらせてるって噂です。う、ウチじゃ本当にやってません。矢神さんからはシャブのシャの字も言われたことありませんので……っ』

あの店長はやはり嘘を言っていなかったということか、と一人頷いていた高梨に対しミトモは彼が調べ上げた加納組組長の情報を語り始めていた。

「組長の錦戸の評判はとにかく悪いわ。噂にすぎないけど彼、先代の愛人だったんですって。色仕掛けで跡目を手に入れたと、襲名当時は陰で言われてたらしいわ。ただ、シャブは金になるから、その金にものを言わせて、反対勢力を抑え込み、組内の統制を図ってるそうよ」

「その反対勢力のトップが、若頭の矢神、いうわけですな」

「そう。ただ劣勢らしいけどね」

肩を竦めたミトモが、いつの間にか自分のグラスに注いでいた酒を一気に呷る。

「おおきに」

高梨もまた、注がれた酒を一気に呷ると、スーツの内ポケットから財布を出し一万円札を五枚、カウンターに置いた。

「ちょっと、貰《もら》いすぎよ」

ミトモがぎょっとしたように目を見開き、札を高梨に押し返す。

「せやけど、へネシーも飲みましたし」

「へネシーはアタシのオゴリやし、加納組についてはもう、新宿サメに報告済みのことよう」

嘘くさい関西弁を用いるミトモと高梨の間で、金を受け取る、受け取らないの攻防戦が繰り広げられたのだが、その争いを制したのはミトモだった。

「プライベートで来てくれたら、それでいいわよう」

「……ほんま、すんません」

なんとしても金を受け取ってくれないミトモに対し、高梨は心底申し訳なく思いつつ頭を下げると、彼の要請どおり今度プライベートで訪れると頷いてみせた。

「嫁さん、連れてきますわ」

「……嫁さんはいいわ。できれば単独で来てね」

ミトモがなかなかに複雑な表情を浮かべ、そう答える。

「そない言わんと。ほんま、ええ子なんですわ」

すっかり『亭主』の顔になった高梨がえへへ、と照れてみせる。おかげですっかりしらけてしまったミトモの表情に気づくことなく、高梨はその後も『嫁さん自慢』を三十分以上も繰り広げ、ミトモを辟易《へきえき》させたのだった。


ミトモの店を辞すと高梨は携帯を取り出し、武内の番号を呼び出した。二度、三度、とコール音が電話越しに響いてくる。

『……はい』

四度目のコールのあと、ようやく武内が応対に出た。

「僕や。これから会えへんかな」

高梨が電話に向かい問いかける。

「…………」

時刻は午後十一時を回っていた。時間が時間だけに高梨は断られるかもしれないと半ば諦めていたのだが、電話の向こうから響いてきた武内の答えは——。

『わかりました。待ち合わせはどうしましょう』

という了承だった。

「今、どこや」

高梨が武内に問う。

『自宅です』

「行ってもええか？」

『え？』

高梨がそう告げたのは、武内との間で繰り広げられるであろう会話が外聞を憚《はばか》る内容のためだった。そうと知らない武内は酷く戸惑った声を上げはしたが、

『……別に、いいですけど』

という答えを返してきた。

「場所、教えてくれるか？」

高梨の問いにまたも武内は『はい』と答えると、彼の官舎の場所を丁寧に説明してくれた。

「おおきに」

『いえ』

お待ちしています、という武内の言葉を最後に電話は切れた。ツーツーという発信音を聞く高梨の口から、大きな溜め息が漏れる。

武内が矢神というヤクザとホテルから出てくる姿は自分自身で確認した。そのことを突きつけたときに彼はどんなリアクションを見せるのだろうか——辛すぎて想像できない、とまたも溜め息をついた高梨の脳裏に、今聞いたばかりのミトモの話が蘇った。

矢神の所属する『加納組』は確かに覚醒剤取引に手を染めている。が、矢神は覚醒剤売買に対し、消極的だったという。

矢神が覚醒剤推進派であるのなら、昨日の武内の行動も説明がつけられた。武内はホスト殺人と、加納組の覚醒剤取引を関係ないものとして扱おうとしている。

だが矢神は違う思考の持ち主だった。一体どういうことなのだろうと高梨は暫し首を捻ったが、直接本人に確かめるのが早いと、タクシーを求め大通りへと向かって駆け出した。

武内の官舎は神楽坂にあった。高梨はマンションの前まで来たものの、ミトモの店で二杯も飲まされたストレートのヘネシーのせいで自分の顔が酷く熱くなっているのに気づき、両手でパシッと己の頬を叩いた。

酔っているという感覚はない。まあ、多少酔っぱらっていたほうが、切り出しやすい話ではあるが、と溜め息をつきながら高梨がインターホンを押す。

『どうぞ』

監視カメラで高梨の姿を認めたらしく、誰と確認することなく武内は自動ドアのロックを解除した。

「おおきに」

礼を言い高梨は中に入ると、一階の一番奥だという武内の部屋を目指した。

「どうしたんです？」

ドアチャイムを鳴らすとすぐに玄関のドアが開き、少し驚いたような表情の武内が顔を覗かせた。

「話があるんや」

あがってもええか、と尋ねる高梨を武内は「勿論」と中に招き入れると、まじまじと顔を見上げてきた。

「酔ってます？　水でも持ってきましょうか？」

「……せやな」

高梨が頷いたのは、武内の顔を見、声を発した途端、急速に喉の渇きを覚えたためだった。

これから長い話になるだろうから、という高梨の心中になど少しも気づく素振りを見せず、武内は「わかりました」と笑顔で頷くと高梨をリビングに通したあと、キッチンに水を汲みに行った。

「どうぞ」

「おおきに」

コップに氷まで入れるという気遣いを見せてくれた武内に高梨は、と再度礼を言うと、渡された水を一気に飲み干した。

「もう一杯、飲みますか？」

飲みっぷりの良さに驚いてみせながら、武内がそう問いかけてくる。

「ええわ。それよりな」

高梨は首を横に振ると、未だに立ったままでいた武内に、座れ、と自分の隣を目で示した。部屋にはソファが高梨の座っているものしかなかったのである。

「はい？」

なんです、と武内は眉を顰めつつも、高梨の隣に腰を下ろす。

「話ってなんです？　もしかしてあの新宿のホスト殺しの件ですか？」

武内が眉を顰めたまま高梨を真っ直ぐに見つめ問いかけてくる。彼の表情は普段より硬くはあったが、そう不自然なものではなかった。

「…………」

だが学生時代より彼を知っている高梨の目は誤魔化《ごまか》されなかった。武内は必死で虚勢を張り平常心を保とうとしている、微かに泳ぐその視線からそうと察した高梨は、彼に声をかけるより前に、ああ、と大きく息を吐いてしまっていた。

「先輩？　大丈夫ですか？」

相当酔っているのかと思ったらしい武内が、心配そうに問いかけてくる。自分を案ずる彼を追い詰めるのは気が引けたものの、今は躊躇するときではない、と、高梨は心を決め口を開いた。

「武内、お前今日の夕方、どこにおった？」

「え？」

なんの前触れもなく問いかけた高梨の横で、武内がはっとした顔になる。だがそれも一瞬のことで、すぐに彼はその問いに淡々と答え始めた。

「所用で出ていました。捜査会議を欠席することになったのは申し訳なかったですが、どうしても外せない用でしたので」

「外せない用てなんや」

皆まで言わせず高梨が問いを重ねる。

「それは先輩にも申し上げられません。別件の捜査にかかわることですので」

相変わらず武内は淡々とした口調で答えてきた。が、高梨の目は彼のこめかみの血管が浮き出しぴくぴくと蠢《うごめ》いていることを見逃さなかった。

必死で動揺を隠そうとしている武内の態度を突き崩すには、ずばりと本題を切り出すのが得策だろうと思う自分に、これではまるで容疑者を相手にしているようだ、と気づき高梨は自己嫌悪に陥った。篤《あつ》い信頼を寄せていた後輩に対し、まるで尋問のようなことをせねばならないのは高梨にとっても辛くはあったが、辛いなどと言っている場合ではない、と瞬時にして思い直し、じっと武内を見つめた。

「……なんです？」

武内のこめかみの血管が更に浮き出し、額に汗が滲《にじ》んでくる。最早彼が動揺していることは間違いなさそうだった。今以上に動揺させることになるのは可哀想だという同情——というより憐憫《れんびん》に近い思いを高梨はぐっと胸の奥へと仕舞い込むと、身を乗り出しゆっくりした口調で喋り始めた。

「所用いうんは、歌舞伎町のラブホテルに行くことか？　加納組の若頭と一緒に？」

「なっ」

その瞬間、武内は絶句した。彼の目は大きく見開かれ、紅潮していた顔がみるみるうちに蒼白になっていく。

「知らん、言うても無駄や。お前と矢神がホテルから出てくるのを見たのは僕やさかい」

「え……っ……」

駄目押しとばかりに続けた高梨の言葉に、武内は更に目を見開き、何か喋ろうとしたらしく口を開きかけたが、彼の唇はわなわなと震えるばかりで声を発することはなかった。

紙のように白い顔で言葉を失っていた武内の肩が、やがてがっくりと落ちる。

「認めるんやな？」

答えはイエス以外、言いようがないとわかってはいたが、それでも高梨が確認を取ったのは、武内の口から事情を説明してほしかったためだった。

多分――否、ほぼ間違いなく、ホスト殺しに対する武内の警察への指示に、加納組の矢神はかかわっているだろう。それはわかっていたが、高梨には正義感の強い武内がヤクザの脅しに乗ったとはどうにも信じられないのだった。

きっと何か事情があるはずだ。そう考えている高梨の思いが伝わっているのかいないのか、武内は項垂れたまま口を開こうとしない。仕方がない、と高梨は小さく溜め息をつくと武内に事情を問うていった。

「殺されたホストと加納組のかかわりや、覚醒剤取引についての調査を止めさせたのは、矢神の要請なんか？　そもそもなんでお前がヤクザとかかわりを持つことになったんや？　あのラブホテルには呼び出されたんか？　なあ、武内、なんか言うてや」

問うても問うても黙り込むだけの武内に焦《じ》れ、高梨が彼の肩を摑む。と、武内はその手を振り払ったかと思うとやにわに立ち上がり、キッチンへと駆け込んでいった。

「武内！」

只事《ただごと》でない気配を察し、高梨が慌てて武内のあとを追う。武内は真っ直ぐに流しへと駆け寄るとシンクの下の戸棚を開け差さっていた包丁を取り出した。

「あかん！」

その包丁を己の胸に突き立てようとする武内に、高梨は仰天しつつも飛びかかり、彼の行動を制しようとした。

「離してくれっ！　僕は……っ……僕はもう……っ」

暴れる武内の手から高梨は無理やり包丁を奪い取るとシンクに落とし、それを再び手に取ろうとした武内を流し台から引き剝《は》がした。

「死なせて……っ……死なせてくれ……っ」

暴れる武内をキッチンから引き摺り出し、ソファへと突き倒す。

「阿呆《あほう》！　死なせるわけないやろ！」

起き上がり、再びキッチンへと向かおうとする武内の胸倉を摑み、怒鳴りつけた高梨の目に、武内の涙に濡れた顔が映った。

「死なせてください……」

くしゃくしゃとその顔を歪《ゆが》め、武内が泣きじゃくる。ぼろぼろと涙を零す彼の身体からは力が抜け、高梨が彼のシャツの胸倉を掴んでいなければ立っていられないような状態になっていた。

「武内、落ち着いてくれ。なんでお前が死ななならんねん。どうか落ち着いて事情を説明してくれや」

頼むから、と高梨が武内を支えながらソファへと座らせる。興奮している彼を鎮めようとし、幼い子供に言って聞かせるような優しいゆっくりとした口調となった高梨の前で、武内はまさに赤子のように、泣き顔を手で覆い隠すこともせずに晒《さら》したまま、声を上げて泣いていた。

「武内……ほんま、どないしたんや」

高梨が武内の肩を掴み、問いかける。と、武内の顔がますます歪んだかと思うと、嗚咽《おえつ》と共に彼の唇から言葉が漏れた。

「せ、先輩に……っ……先輩にだけは、知られたくなかった……」

「なんやて？」

よく聞き取れず問い返した高梨の胸に、武内が身体をぶつけるようにして飛び込んでくる。

「武内……？」

「……先輩だけには……先輩だけには……っ」

その言葉のみを切れ切れに繰り返し、己の胸の中でまさに慟哭《どうこく》ともいうべき悲痛な泣き声

を上げる武内が一体なぜ泣いているのか、高梨は未だ理解していなかった。

だが武内の——かつては心を許し合った後輩の、その心が今、酷く傷ついていることだけはわかると高梨は頷くと、いかなる苦悩をも自分が受け止めてやるという思いを込め、しっかりとその背を抱き締めたのだった。

6

暫《しばら》くの間武内《たけうち》は高梨《たかなし》の胸の中で泣きじゃくっていたが、涙が涸《か》れると共に落ち着きを取り戻したのか、やがてゆっくりと顔を上げた。

「……大丈夫か？」

高梨が問いかけるとまた武内の目にはみるみるうちに涙が盛り上がったが、気丈にも彼は「大丈夫です」と頷《うなず》き、高梨から身体《からだ》を離した。

「申し訳ありませんでした。取り乱しまして……」

指先で涙を拭《ぬぐ》ったあとに、武内は高梨に向かい、深く頭を下げて寄越した。

「ええよ。それより、話、聞かせてもらえるか？」

その前に水でも飲むか、と、問いかけた高梨に武内は、大丈夫だ、と首を横に振ってみせ、はあ、と大きく息を吐いた。

「すべて、お話します」

そうして武内は、高梨の視線を避けるようにして俯《うつむ》くと、ぽつぽつと話を始めた。

「……先輩の考えていらっしゃるとおりです。僕は矢神《やがみ》に脅されて、捜査を攪乱《かくらん》しようと

——加納組《かのうぐみ》の覚醒剤《かくせいざい》取引に関する捜索を打ち切らせようとしました。検事にあるまじきことをしたと猛省しています。明日にも辞表を提出するつもりです」

「待てや、武内。僕はお前に辞職を勧告に来たわけやないで？　お前の力になりたい、そう思うて来たんや」

慌てて武内の腕を摑《つか》み彼の言葉を遮った高梨は、

「……先輩……」

と顔を上げた武内の目をじっと見つめながら熱く訴えかけた。

「お前と加納組の矢神とかかわりがあるとわかったんは、ほんま、偶然やった。それを聞いたときに僕が一番心配したのは、お前が脅迫されとるんやないか、いうことやった。正義感の強いお前がその正義を曲げるんは、よほどのことや。それは一体なぜなんか、僕が力になれることはないんか……僕はそれを今夜、聞きに来たんやで？」

「……先輩……」

高梨を見返す武内の目がまたも潤《うる》み始める。唇を嚙《か》み、涙を堪《こら》える素振りをする彼の肩を強く摑むと高梨は、

「全部、話してくれるんやろ？」

と、微笑《ほほえ》みかけた。

「……はい……」

武内が大きく頷く。弾みで彼の目から零《こぼ》れ落ちた涙がきらきらと輝きながら宙を舞っていくさまをつい目で追ってしまっていた高梨の耳に、武内の掠《かす》れた声が響いてきたのだが、彼の話の内容は高梨の想像を遥《はる》かに超えるものだった。

「……僕は昔、彼に強姦《ごうかん》されたんです……」

「……っ」

衝撃的な武内の告白に高梨が思わず息を呑《の》む。そんな彼を武内はちらと見上げたが、すぐにまた目を伏せると、覚悟を決めたのか、掠れ震える声ながらも、淡々とした口調で話を続けた。

「僕と矢神は幼馴染《おさなな》《じ》みなんです。家庭の事情もあって彼は中学の終わり頃からグレ始め、高校を中退し、チンピラのようななりをしてました。高校が別れてしまってからあまり会うことはなかったんですが、それでも家の近くで顔を合わせたりすると、外見は変わっていたけど中身は以前のままだったので、そのまま付き合い続けていたんです。でも……」

ここで武内は一旦言葉を切ると、小さく息を吐いた。思い切ったつもりでも内容が内容なだけに話しづらいのだろうと察し、高梨はじっと黙って武内が再び口を開くのを待った。

「……大学三年のとき……久々に彼と会いました……」

暫くしてから武内はようやく口を開いたが、その声はますます掠れていた。それでも気丈に彼は、言葉を繋《つな》いでいった。

「矢神の外見はヤクザそのもので、近所の評判もさんざんではありましたが、会うのが久々だったために懐かしくもあって、彼に誘われるまま家に行ったんです。そこで……」

武内がまたも黙り込む。そのときに強姦されたのだろう、と高梨は察し、一番言いづらいと思《おぼ》しきその部分を割愛させてやるべく口を開いた。

「……それから脅迫されるようになったんか？」

「…………」

高梨の問いに武内は顔を上げ、泣き出しそうな表情になったが、すぐに首を横に振り、話を再開した。

「いいえ……そのあと彼とはぷつりと付き合いが途絶えました。僕も彼と顔を合わせるのを避けましたが、彼もコンタクトを取ってはきませんでした。なのにこの間、偶然彼と再会したんです。歌舞伎町で……」

「……偶然？」

問い返した高梨に武内は「はい」と頷くと、またぽつぽつと話を続けた。

「先輩と飲んだ日の夜です。先輩が歌舞伎町の現場に向かったあと、僕も現場を見に行こうとして歌舞伎町に向かったんですが、ちょうど店から出てきた矢神と鉢合わせたんです。僕もびっくりしましたが、彼も驚いていました。そのとき僕はもう、動揺してしまって、彼とどんな会話をしたかも覚えていないくらいなんですが……」

「事件があった夜に、矢神と会うたんやね？」

果たして本当に偶然なのだろうか、と高梨が疑問に思ったのを察したらしい武内が「おそらく」と頷いたあとに言葉を足す。

「彼が僕をつけていたわけでもなく、待ち伏せされている感じでもありませんでした。そのときにはほんの数分——下手したら一分くらいの立ち話だったんですけれど、僕が言うまで彼は、僕が検事をしていることを知りませんでした」

今、何をしているのだと尋《たず》ねてきた矢神は、武内が法学部に進んだことを覚えていた。弁護士になったのか、と問われ、いや、検事だと答えてしまった、と武内はそう続けると、

「……でも、言うべきではなかったのです」

と、悔恨の情をこれでもかというほど顔に浮かべながら、ぽつりとそう呟《つぶや》いた。

「……というと？」

それで脅されることになったのか、と問いかけた高梨の推察は当たった。

「……はい。翌日、矢神から地検に電話がありました。至急話をしたいと……」

武内は最初、矢神の呼び出しを忙しいからと断った。だが矢神に、忙しいのなら自分が東京地検まで出向くと粘られ、仕方なく呼び出しに応じた、と、ここまで喋《しゃべ》ると、武内は辛《つら》そうな顔で小さく息を吐いた。思い出したくないことが頭に蘇《よみがえ》ったのだろうとわかるだけに、労《いたわ》ってやりたい気持ちはあったが、そうもできないことを申し訳なく思いつつ高梨は、

「それで？」

と話の続きを促した。

「……呼び出されたのは新宿駅西口だったんですが、矢神は車でやってきて僕を彼の自宅へと連れていきました。場所は新大久保のマンションでした」

ヤクザと検事が会うのに、人目がないほうがいいだろうと言われて、そのとおりだと思ってしまった。それで言われるがままにマンションについていってしまったのだが、いくら古い知人だからといって、相手はヤクザなのだということをしっかり自覚するべきだった、と武内は自戒の念を口にし、またも小さく溜《た》め息をついた。

「マンションには、矢神のほかに誰かおったんか？」

だんだんと言いづらい内容になるのだろう、話が途切れがちになる武内に高梨が問いかける。

「……いえ、誰もいませんでした」

「矢神の用件は、事件のことやったんか？　そもそもなんで彼はお前があの事件の担当検事やて知ったんや？」

「彼は知っていたわけじゃなく、それを確かめるために僕を呼び出したんです」

「え？」

どういうことだ、と問うた高梨に、武内がぽつぽつと答え始めた。

「事件当夜に偶然再会したとき、絡んでくる彼をかわそうとして『これから仕事だから』と嘘《うそ》を言ったんですが、それを矢神はあの事件と結びつけたようでした。実際、そのときにはまだ担当検事になることは決まっていませんでしたので『違う』と答えたんですが……」

『あの事件には絶対にかかわるな』

武内の答えを聞き、矢神は真顔でそう言うと、早々に話を切り上げ、武内をマンションから追い出すようにして送り出した。

「……翌日、上司からあの事件を担当するようにという指示がありました。矢神の言ったことが気にならなかったわけではないのですが、断る理由がありません。上司命令に従い、捜査一課の会議にも出席しました」

「ああ、せやったな」

事件発生翌日に開催された会議の席上には確かに、武内の姿もあった、と思い出し頷いた高梨に武内は頷き返し、言葉を続けた。

「……その夜、再度矢神から呼び出しがあったんです。前日と同様、新宿駅の西口に迎えに行くと言われ、断ろうとしたのですが、やはりまた、地検に押しかけると言われてしまって……」

前日の呼び出しがたいした内容ではなかったので油断したのだ、と武内は唇を嚙んだが、高梨が促すより先に話を再開した。

「また彼のマンションに連れていかれました。なぜか彼は僕が事件を担当するようになったということを知っていて、『かかわるなと言っただろう』と凄《すご》んできました。上司命令だから仕方がないと言うと、今からでも断れと言われ、無理だと答えたら……」

ここでまた武内は言葉を途切れさせたのだが、それは話が佳境に入っているからだろうと判断し、高梨は敢《あ》えて相槌《あいづち》を控えた。武内には高梨の心遣いが通じたようで、すみません、というように頭を下げると、俯いたまま最も言いづらかったと思しき言葉を口にした。

「……事件の担当を降りるのが無理だというのなら、加納組に捜査の手が伸びそうになったら阻止するようにと言われました。そんなことはできない、それより加納組は事件にかかわっているのか、と僕は問い詰めたのですが……」

ここでまた、武内の言葉が止まる。

まさか——項垂《うなだ》れ、肩を震わせている武内を見つめる高梨の頭にある考えが浮かぶ。以前武内は矢神に強姦されたという事実、そして今日、自分が見たラブホテルから出てくる二人を見たという事実——その二つの事実から導き出された推察がもしも正しければ、武内にとっては矢神の脅迫に乗ったことよりも更に言いづらかろう、と思ったものの、確認を取るのも憚《はばか》られ、高梨はただ、再び武内が口を開くのを待つことにした。

「…………すみません……」

暫しの沈黙のあと、武内の口からようやく言葉が発せられる。

「いや……」

謝ることないて、という高梨を武内は一瞬顔を上げたあと、再び目を伏せると、おそらく作っているのだろう、淡々とした口調で話し出した。

「……矢神の申し出を拒絶すると、彼はその場で僕を力ずくで犯しました。終わったあとに写真を撮られ、言うことを聞かないのならこの写真を地検にばらまくと……」

「……武内、すまんかったな」

やはり自分の推察は当たっていた、と高梨は、自分の横で細い肩を震わせている武内に対し痛ましい気持ちが込み上げてきたあまり、彼の言葉をそう遮った。だが武内は高梨の声に被《かぶ》せるようにして、淡々と言葉を続けていった。

「捜査一課は早々に加納組に目をつけていましたので、刑事たちが組に聞き込みに行ったんでしょう。翌日も、その翌日も僕は矢神に呼び出され、先輩が目撃したホテルに連れ込まれました。呼び出すたびに矢神は僕に事件から手を引くようにと言い、それが無理ならすぐに捜査をやめさせろと強要してきました。捜査会議で僕が加納組への捜査の中断を命じたのは矢神の脅迫に屈したからです。僕はもう、耐えられなかった。矢神の呼び出しの電話に耐えられなかった。でも屈するべきじゃなかったんです。強姦された写真を晒《さら》されようと、脅迫になど乗るべきじゃなかった。僕は……僕は検事として、決してしてはならないことを……」

「武内、落ち着け」

喋っているうちに声が上擦り、今まで以上に身体がブルブルと震えてきた武内の両肩を高梨はがっちりと摑むと、俯いたままの彼の顔を覗《のぞ》き込んだ。

「落ち着くんや。言うたやろ？　僕はお前を責めに来たわけやあらへん。助けたい、思うて来たんやて」

「……先輩……」

震える声で高梨に呼びかけた武内が顔を上げ、潤んだ瞳《ひとみ》で彼を見返す。高梨はそんな武内の肩を改めてぎゅっと摑むと、にこ、と微笑んでみせた。

「事情はわかった。あとのことは僕に任せてもらえるか？」

「任せろって、まさか……」

途端に武内がはっとした顔になり、逆に高梨に取り縋《すが》ってくる。

「先輩、もしや加納組に……矢神に接触しようとしているんですか？　いけません、相手はヤクザです。とても先輩一人には……っ」

「大丈夫やから！　頼むから辞表だそうとか、すべてを公にしようとか、考えたらあかんで？」

高梨は笑顔でそう言うと、

「でも……っ」

と尚《なお》も己に取り縋ろうとする武内の両肩を、バシッと強く叩《たた》いた。

「僕を信じて、任せてくれたらええ。ええな？　くれぐれも先走るんやないで？」

「……先輩……」

高梨を見つめる武内の目に、みるみるうちに涙が溢《あふ》れてくる。

「矢神の連絡先、教えてくれるか？」

泣くなて、と高梨は微笑むと、スーツの内ポケットから携帯を取り出し武内に尋ねた。

「……はい……」

武内が涙を拭い、自身の携帯を取りに行くために立ち上がる。彼の後ろ姿は自分が知るそれよりも、一回り小さくなったように高梨の目には映っていた。

それだけ苦悩したのだろうと思うとどうにもやるせなく、高梨は武内の背から目を逸《そ》らすと、彼をそうも追い詰めた矢神に対する怒りを改めて感じ、ぐっと拳《こぶし》を握り締めたのだった。

それから三十分ほど高梨は武内と話をし、もう突発的に自殺を図ることはなかろう、と判断できたために彼の官舎を辞することにした。

「今晩中に電話入れるさかい」

「……はい……」

それでもやはり安心しきることはできず、武内にそう言葉を残し、彼が頷くのを確認してから、高梨は官舎をあとにし、路上に出たところで携帯を取り出すと聞いたばかりの矢神の番号をプッシュした。

二度、三度とコール音が鳴り響いたあと、

『はい』

低い声が耳を押し当てた携帯電話から聞こえてきた。訝《いぶか》しげなのは覚えのない番号だからだろう、と思いながら高梨は電話の向こうに話しかけた。

「矢神尚之《なおゆき》さんですか？」

『……お前は誰だ？』

肯定もせず、電話の向こうの声が高梨に問いかける。

「警視庁捜査一課の高梨です。武内検事の件でちょっと話を伺いたいんですが……」

『……っ』

己の言葉に矢神が動揺し息を呑んだ気配が電話越しに伝わってくる。よし、もう一押し、と高梨が口を開きかけたそのとき、

『この番号は武内から聞いたのか？』

電話の向こうから、既《すで》に落ち着きを取り戻したらしい低い声が響いたのに、今度は彼が息

を呑んだ。

「……お話、聞かせていただけますか？」

高梨もまたすぐに自分を取り戻し、電話に向かって問いかける。

『俺の自宅の場所も聞いたか？』

「はい、新大久保ですね」

『そうだ』

矢神は部屋番号を告げると高梨の言葉を待たず電話を切った。

「…………」

ツーツーという発信音しかしない携帯電話を耳から外し、高梨は思わず画面を見る。彼の脳裏にはそのとき、今日見たばかりの矢神の姿が浮かんでいた。長身でスタイルがいい上に、顔立ちも整っていた。だから印象に残った、というよりは、彼の顔に見覚えがある気がするのだが、と首を傾《かし》げていた高梨の脳裏に、唐突にある画像が浮かぶ。

「……あ……」

せや、と高梨は一人頷くと、遠い昔——それこそ今から十年近く昔の出来事へと思いを馳《は》せた。

矢神と自分はもしかしたら、顔を合わせたことがあるかもしれない——蘇った高梨の記憶は、次のようなものだった。

今から八年ほど前、既にOBとなっていた高梨は他のOBと共に柔道部に顔を出したことがあった。当時の主将は武内だったが、彼は『主将』という立場に酷《ひど》く悩んでいるように見えた。同じ主将経験者として、力づけてやりたいと思い、高梨は部の会合が終わると彼を飲みに誘った。

『先輩のおかげで、色々吹っ切れました！』

長時間二人で飲んだあと、本人の言葉どおり、吹っ切れた表情になっていた武内は、余り酒に強くないのかふらふらしていた。愛すべき後輩を無事に家に送り届けねば、と高梨は彼とともに自宅へと向かったのだが、彼の自宅近所で武内に声をかけてきた長身の男がいた。

『潤《じゅん》、お前どうしたよ』

『あ、矢神ー！　久しぶりだなあ』

酔っぱらった武内が親しげに呼びかけた名は、確か『矢神』と言わなかったか――高梨が思い出したのはその光景だった。

その後、武内は矢神と一緒に帰るから大丈夫だ、と告げ、ついでとばかりにお互いを紹介してくれた。

『はじめまして』

『はじめまして、高梨です』

挨拶《あいさつ》をかわしたとき、やたらと好戦的な目をした男だな、と思った記憶までも蘇っていた高梨だったが、果たしてその記憶に意味があるのかとなると迷うな、と苦笑し電話を切った。

八年も昔のことゆえ、果たしてあのときに会ったのが本当に矢神であったかという自信は高梨にはなかった。が、名乗ったときの矢神のリアクションは気になっていた。

まあいい。色々と考えるより前にまず彼と対面するのが大切だ、と高梨は一人頷くと、矢神のマンションへと向かうべく、タクシーを求め通りを駆け出したのだった。


約二十分後に高梨は矢神のマンションに到着した。中に入ろうとして高梨はふと、待ち伏せをされている可能性はあるな、と気を引き締め直した。インターホンを押し応答を待つ。

『どうぞ』

スピーカーから響いてきた声は、先ほど電話で聞いたのと同じもののようだった。

「お邪魔しますわ」

高梨が答えるより前にブツッとインターホンは切れ、自動ドアのロックが解除される。高梨の脳裏にちらと、署に連絡を入れておくべきかという考えが浮かんだが、まずは矢神に話を聞いてからにしようとポケットから取り出しかけた携帯を戻した。

エレベーターに乗り込み、最上階のボタンを押す。それにしてもヤクザは高いところが好きだなと、どうでもいいようなことを考えながら、高梨はエレベーターの表示灯を見上げていた。

チン、という音と共にエレベーターの扉が開く。外に人の気配がないことを確かめてから高梨は降り立ち、矢神の部屋を探した。

「…………」

部屋の前に到着した際、高梨は周囲を窺《うかが》ったが、人がいるような気配はなかった。大きな団体の若頭の家ともなると、ボディガードくらいはついていそうなものだが、もしや室内にいるのだろうかと考えつつインターホンを押す。

『どうぞ』

高梨が名乗るのを待たずに一言だけ告げるとインターホンは切れた。ドアノブを回すとどうやら鍵《かぎ》は開いているようである。

「失礼します」

まさかドアを開けた途端にズドン、はないやろ、と高梨は心の中で呟くと、それでも気配を窺いながらそろそろとドアを開いた。

「入ってくれ」

玄関内には長身の男が一人、立っていた。夕方、武内と共にホテルから出てきた男——矢神に間違いない、と確信してはいたが、一応の確認を、と高梨が名を問う。

「矢神さんですか？」

「そうだ」

男は——矢神は頷くと、くるりと踵《きびす》を返し廊下を進んでいった。

「お邪魔します」

高梨は後ろ手で鍵をかけると靴を脱ぎ、急いで彼の背中を追った。矢神は廊下の突き当たりにあるガラスのはまったドアを開き、中へと足を踏み入れた。自分のためにドアを押さえてくれていた彼に高梨は、

「おおきに」

と礼を言いながら部屋に足を踏み入れ、周囲を見渡した。

「適当に座ってくれ」

そこは広々としたリビングだった。夜景が見渡せるようになのだろう、壁一面が硝子《ガラス》戸になっている。室内には矢神以外の人間がいる様子はなかった。何部屋もあるマンションであろうが、このリビングだけでなく他の部屋にも誰もいないのではないか、と高梨は思い始めていた。

言われたとおりに高梨が窓辺のソファに腰を下ろすと、キッチンへと向かっていた矢神が尋ねてきた。

「何か飲むか」

「勤務中やさかい」

いりません、と笑顔で首を横に振った高梨を一瞥《いちべつ》したあと、矢神は無言でキッチンへと入っていくと、缶ビールを一つ手に戻ってきた。高梨の座るソファとは少し離れたところにあるダイニングテーブルの椅子《いす》に腰を下ろし、プルトップを上げる。

「…………」

その様子をじっと見つめていた高梨は、やはり彼は以前——八年前に一度だけ会ったことのある、武内の友人ではないかという思いが捨てがたくなった。相手は覚えていまいと思いつつも、確認してみよう、と高梨は一人ビールを飲み始めた矢神に問いかけた。

「矢神さん、もしかして八年前に一度、お会いしたこと、ありませんか？」

「……っ」

高梨の言葉を聞き、ビールを持つ矢神の手が一瞬止まった。驚いたように見開いた目を自分へと向けてくる彼を見て高梨は、やはり記憶違いではなかったのか、と八年ぶりの邂逅《かいこう》に驚きを感じていた。

驚くことは他にもあった。八年前、ちらと会ったきりの彼を覚えていた自分もたいがい記憶力がいいが、矢神も相当記憶力がいい。矢神も同じくそれを驚いているようだ、と思う高梨の顔が笑みに綻《ほころ》んだ。

「よう、覚えてはりましたな」

「お互い様だろう」

矢神もまた苦笑すると、缶をテーブルに下ろし、身を乗り出して高梨を見る。

「ビール、付き合うか？」

「いただきますわ」

問いかけてきた矢神に高梨は笑顔で頷くと、立ち上がり彼へと近づいていった。ほぼ同時に矢神も立ち上がりキッチンへと向かうと、スーパードライの缶を手に戻ってきて、ほら、と高梨に向かい差し出した。

「おおきに」

礼を言い、すぐにプルトップを上げた高梨を矢神は見ていたが、高梨が、

「乾杯」

と缶を差し出すと一瞬呆《あき》れた顔になり、ビールと高梨の顔、かわるがわるに見たあと、自分のビールを手にとりそれを高梨の缶にぶつけた。

思った以上に強い力でぶつけられ、高梨の缶からビールが零れる。

「おっと」

高梨は慌ててビールを口元へと持っていくと、ぐびりと一口飲み、はあ、と大きく息をついた。

「仕事中のビールはまた格別ですな」

「何をしに来た？」

雑談には答える気はない、とばかりに矢神がずばりと切り込んでくる。

「ビールを飲みにやないし、昔話をしに来たわけでもない。僕が何をしに来たかは、矢神さん、あなたが一番ようわかってると思うけどな」

きつい眼差《まなざ》しを向けてくる矢神に高梨は笑顔を向けると、またも一口ビールを飲んだ。暫《しば》しの沈黙が二人の間に流れる。

「……それにしても、僕のこと、よう覚えてはりましたな。八年も前に、いっぺん会うたきりや、いうのに」

話し出す気配のない矢神の口を開かせようと、高梨は話題を八年前に戻した。それでも口を開こうとしない矢神の前で、高梨は記憶を辿《たど》りながら話を続けた。

「あれは確か、大学の柔道部の集まりの帰りやった。OBと現役の交流会やったんとちゃうかな。酔っぱらった武内を送っていったとき、ちょうど通りかかったあなたと会うたんでしたよね」

懐かしいわ、と高梨は矢神に笑顔を向ける。矢神はそんな高梨をじっと見つめていたが、やがて小さく息を吐くと、ビールを一口飲んだ。

「武内が紹介してくれはったんやったね。幼馴染みや、言うて。僕のことはなんて紹介したんやったか……」

「武内は、どこまで喋った？」

と、そのとき矢神の低い声が響き、高梨の話を遮った。高梨は矢神を見る。矢神もまた高梨を見返したが、すぐにふいと目を逸らすと、手にしていたビールを口へと導きごくごくと飲み始めた。

「……全部……やないかな」

高梨が矢神を見つめたまま、ぽつりと答える。矢神はビールを飲むのをやめ、缶を再びテーブルへと戻した。

またも沈黙の時間が流れる。

「頼みがある」

唐突に矢神が口を開いた。

「なに？」

何を言い出したのだと目を見開く高梨の前で矢神はなんと——深く頭を下げて寄越し、更に高梨を仰天させた。

「どないしたんです、矢神さん？」

高梨もまたビールの缶をテーブルに置くと身を乗り出し、矢神の顔を覗き込もうとする。が、矢神は頭を下げたまま、押し殺した声で高梨をますます驚かせることを言い出した。

「頼む。武内を守ってやってほしい。頼めるのはあんたしかいないんだ」

「武内を守るて？　矢神さん、どういうことです？」

　何から守るのか、守らねばならないような危険が武内に迫っているのか、いくら高梨が問うても矢神はそれ以上何も語らず、ただ頭を下げ続けていた。

「矢神さん！」

　高梨が立ち上がり、矢神の肩を摑んで揺さぶる。それでも矢神の口は開かず、高梨はそれ以上彼からは何も聞くことはできないと諦《あきら》めざるを得なくなった。

「帰ります」

　口を開く気配のなかった矢神だが、高梨がそう言い立ち上がると彼もまた立ち上がり、先に立って玄関へと向かい歩き始めた。

「矢神さん」

　ドアを出る直前、高梨は矢神に呼びかけたのだが、矢神は一言、

「頼む」

　とだけ言うと、強引にドアを閉めてしまった。

「矢神さん！」

　高梨は思わずそのドアを叩いたが、かちゃりという鍵をかける音が響いたあとには、どうやら矢神は離れていったらしく、ドアの向こうには静寂《せいじゃく》が訪れた。

「…………」

一体どういうことなのだ、と開かぬドアを前に高梨が首を傾げる。

『武内を守ってやってほしい』

矢神のあの言葉は何を意味しているものなのか。武内が危機に晒されているというのか。彼が晒されている『危機』とは矢神の脅迫、そのものではないのか。

矢神に対し高梨は、武内から『すべてを』告白されたと告げた。それゆえ矢神が自分の脅迫行為を誤魔化《ごまか》そうとした——というのが最も正論であろうと思われたが、なぜか高梨はそう考えられずにいた。

彼の刑事の勘が告げていた、というよりは、矢神の真摯《しんし》な態度が心に引っかかっていたのである。

演技かもしれないという可能性はあったが、高梨の目にはどうにも矢神が心の底から武内を案じてるように見えて仕方がないのだった。

しかしそうも案じている相手を強姦した上で脅迫などするだろうか。やはりあれは矢神の演技か、と思考を矯正《きょうせい》しようとしても、違う、と否定せずにはいられない。

『頼めるのはあんたしかいないんだ』

絞り出すような声で告げられた矢神の言葉が高梨の耳に蘇る。まずは今日知り得たすべての情報を整理し、事件を、そして事件を取り巻く状況を正しく組み立て直そうと高梨は一人頷き考え始めたのだったが、彼が組み立てる以前にホスト殺害事件は新たな展開を見せた。

翌日早朝に被害者と同じホストクラブ『ユア・ラヴァーズ』に勤務する若いホストが「殺したのは自分だ」と自首してきたのである。

7

寺田義人《てらだよしと》を殺したと自首してきたのは、彼と同じホストクラブ勤務の、源氏名は『秋吉《あきよし》ユウヤ』、本名秋本祐介《あきもとゆうすけ》という若いホストだった。

「むかついたんですよ」

ホストクラブ内のいざこざだ、と、秋本は動機を説明した。寺田ことミキヤに勤務態度がなっていないと注意されたことを根に持ち、呼び出して胸を刺したという秋本の供述は、現場の状況をすべて再現していた上になんと彼は身元を隠そうとして持ち去ったという寺田の財布や携帯電話を持参していた。

「刺したあと、やべえと思って、その辺にあったモップで床を拭《ふ》きました」

「鍵は？　鍵はどうやって入手したんだ？」

「あの店、結構前から鍵、開いてたんですよ。不動産屋が閉め忘れたんじゃないですか？　それ知ってたからあの店にミキヤを呼び出したんです」

彼の自白を受け、不動産屋を当たったところ、店長は先日の聞き込み時には言いもしなかった証言を警察に提示したのだった。

「そういえば事件の一週間ほど前、見回りに行ったんですが、その際、鍵をかけ忘れたのかもしれません」

申し訳ありません、と頭を下げる店長を、なぜ事情聴取のときにはその旨言わなかったのだと問い詰めたのだが、

「忘れていました」

と言い張られては、手の施しようもなかった。

「どう考えても不自然や、思いますが」

高梨が主張するまでもなく、捜査会議に出席した刑事たち全員が、自首してきたホストを『身代わり』であると認識していた。

「あのホスト、身代わりになる要素はあります」

早速調べ上げてきたという納《おさめ》が挙手し、捜査結果を報告する。

「サラ金への借金がかさんでいるようです。ヤミ金《きん》にも手を出しているようで、取り立てもハンパなかったと。その借金を棒引きしてやるとでも言われたんじゃないかと」

「命がなくなるより、刑務所に入ったほうがええ、いうわけやね」

あるな、と頷いた高梨に向かい、

「それから！」

と納の自称女房役、橋本《はしもと》が挙手し立ち上がる。

「他のホストに聞き込んだんですが、ガイシャと秋本の間に目立ったトラブルはなかったようです。寺田はもともと後輩の面倒見がよく慕われていたそうです。それにもうすぐ店を辞めると公言しており、ナンバー争いにもそう力を入れていなかったので、揉《も》め事が起こるはずもなかったということでした」

「店を辞める？　なんでや？」

高梨の問いに橋本が慌てて手帳を捲《めく》る。

「結婚するそうです。付き合っていた彼女が妊娠したとのことで、店長をはじめホスト仲間にも話を通していたらしいです」

「結婚？　相手の女性についての話は出てなかったんちゃうか？」

初耳だ、と眉《まゆ》を顰《ひそ》めた高梨に橋本は、

「申し訳ありません！」

と大声で詫《わ》びると、頭をかきかき事情を説明した。

「実は結婚相手の女性が、寺田死亡のショックで流産しかけて入院していたそうで、今日まで連絡が取れなかったんです。病院がわかり聞き込みに行ったんですが、話らしい話は聞けませんでした」

「で、お腹《なか》の赤ちゃんは？」

「流産は避けられたそうです」

「……よかったな」

高梨が安堵《あんど》の息を吐いたあとに、改めて橋本を見る。

「落ち着いたら彼女にも事情聴取をお願いします。寺田が何か言うてなかったかと」

「わかりました。明日から病院に通います」

大きく頷いた橋本に高梨もまた頷き返すと、ぐるりと周囲を見渡し口を開いた。

「結婚を控えていた、その上妻となる女性のお腹には子供がいた、いうことになると、ガイシャは――寺田は今までどっぷり浸かっとった覚醒剤売買から足を洗おう、思うたんかもしれません。または覚醒剤売買をさせられてきたことを逆手に取り、口をつぐむ代わりに金をせしめようとした、いう可能性もあります。ホストらの口は硬いとは思いますが、根気よく聞き込みを続け、ホストクラブで覚醒剤取引が行われてた、いう証言を集めてください。身代わり自首なんぞで事実をうやむやにするわけにはいきません」

「そのとおり！」

「警察を舐《な》めるなと連中に言ってやりましょう！」

刑事たちが皆、高梨の言葉に賛同し、やる気に溢《あふ》れた声を上げる。

「まずは自首してきた秋本に対し、過剰な取り立てを行っていたと思しき金融会社と加納組の関係を調べましょう。それが突破口になるやもしれません」

「わかりました！」

「それじゃ俺らはホストに聞き込み始めます！」

意気が揚がる刑事たちに高梨は「頼んます！」と笑顔を向けた。

会議が終わり皆が退室したあと高梨は金岡《かなおか》課長に、話があると切り出した。

「武内検事のことか？」

今日、武内は捜査会議に出席を見合わせていた。それは高梨の指示であり、彼は地検にも顔を出さずに官舎に一人籠《こ》もっていたのである。

「詳細は申し上げられませんが、やはり脅されてはいたようです」

課長一人の胸に収めておいてほしいと言いつつ、高梨は武内が脅迫を認めたという事実だけを淡々と話した。

「……なんと……」

「脅迫に屈せざるを得なかった拠《よ》ん所《どころ》ない事情があるんです。どうか武内を責めないでやってください」

頼んます、と深く頭を下げる高梨を金岡は暫し見つめていたが、やがて手を伸ばし、ずっと頭を下げたままでいた彼の肩を叩いた。

「……お前に頭を下げられちゃ、『わかった』以外に言うことはないよ」

「課長……」

更に詳しい説明を求められて然《しか》るべきことではあった。が、敢《あ》えてそれをせずにいてくれる金岡の、自分に対する信頼度の高さに触れ、高梨の胸が熱く滾《たぎ》る。

「それより自宅待機させるとは、武内検事の身にも危険が迫っているということなのか？」

高梨の肩を再び叩いたあと、金岡が心配そうに眉を顰めながら問いかける。

「はい」

「加納組絡みか？」

「おそらく」

確証はない、と言う高梨の前で金岡は、

「そうか……」

と低く唸《うな》った。

「加納組は覚醒剤取引で上げられることを恐れとるんやないかと思います。武内に働きかけるのだけでは無理がある、いうことで、今回身代わりの犯人を用意したんやないかと」

「そのとおりだろう。だが、自首の上に証拠品まで持ってこられちゃ、ウチも送致せざるを得ない」

「勿論《もちろん》、それもわかってます」

苦渋の表情を浮かべる金岡に高梨は頷くと、

「拘留期限ぎりぎりまで、加納組の覚醒剤取引について調べさせてください。秋本の取り調べは明日、僕が担当します。身代わりや、いうことを必ず白状させますさかい」

証拠が揃《そろ》っている以上、上層部は一刻も早い送致を求めてくるであろうとわかるだけに、それを堰《せ》き止めてくれようとしている金岡に対し申し訳なさから高梨は再度頭を下げた。

「任せておけ」

高梨の気持ちは金岡に正しく伝わったらしく、ニッと笑って肩を叩いてくれる。頼もしき課長に高梨は再度「すんません」と頭を下げながらも、己に対し全幅の信頼を寄せてくれている彼の思いに応えねば、と決意を新たにしたのだった。


翌日高梨は竹中《たけなか》を伴い、自首してきた秋本の取り調べに当たった。

「オレがやったんすよ」

秋本は高梨が何を聞くより前に、ふて腐れた様子でそう言い俯いた。

「……人ひとり、殺すいうことがどういうことか、秋本さん、あなたほんまにわかってます？」

高梨が世間話でもするかのような口調でそんな秋本に問いかける。

「…………」

秋本はちらと高梨を見たが、話を聞く気はないとばかりに再び俯いてしまった。

「秋本さん、あなた、ヤミ金業者にえらい借金があるそうですなあ」

「…………」

「肩代わりしたるとでも言われたんですか？　それとも、借金の取り立てに遭うよりは刑務所に入ったほうがええとでも思うたんですか」

「…………」

高梨が何を言っても、秋本は下を向いたまま一言も言葉を発しなかった。竹中が心配そうに高梨を振り返る。高梨は、まあ、こんなもんやろ、と竹中に向かい苦笑してみせると、反応がないことを気にする素振りを見せず尚も秋本に話しかけた。

「秋本さん、あなた、知ってはりました？　寺田さんが結婚しよう、思うとったこと」

「…………」

そのとき、高梨の前で秋本の肩がぴくりと震えた。が、彼は顔を上げることなく俯いたままだった。

「奥さんになる女性《ひと》のお腹には、赤ちゃんもおるそうです。寺田さんが殺されたショックで流産しかかったんやけど、大丈夫やったそうですわ」

高梨の言葉にまた秋本は、びくっと肩を震わせたが、相変わらず俯いたままで口を開く気配はない。加納組が覚醒剤取締法違反で摘発でもされないかぎり、彼が自首を翻すこともないか、と高梨は半ば諦めつつも、それでもなんとか秋本の口を割らせようと言葉を続けた。

「秋本さん、あなたも将来結婚するやろうし、子供もできるんやないですか？　もし今、あなたがしてもいない殺人の罪を背負いでもしたら、あなたの子供は一生、父親は殺人者や、言われるんですよ。目先の得につられて、一生殺人者の汚名を着続けることになっても、ほんまにええと言えますか？　よう考えたほうがええですよ？」

「………」

今や秋本の身体は高梨の前で、一目でわかるほどにぶるぶると震えていた。最後に一押し、と高梨が敢えて淡々とした口調で言葉を足す。

「加納組に対しては今、別件で捜査の手が回っとります。覚醒剤取引に関与しとるいう容疑です。秋本さんが刑期を終えて出てくる頃にはもう、加納組は存在してへんかもしれない。それを心に留めておくことですな」

「……っ」

それを聞いた秋本は、何か言いたげに顔を上げたが、真実を明かす勇気は出なかったのかまた俯いてしまった。

「そしたらまた、明日」

話を聞かせてください、と高梨が微笑み、取り調べは終わったと竹中を振り返る。竹中に付き添われ、秋本は取調室を出たのだが、部屋を出る際に高梨を振り返りまた何か言いたげな表情をした。

明日には落ちる――その確信が高梨の胸に芽生える。よし、と高梨は密《ひそ》かに拳を握り締めると、その『確信』を更に深めるべく、加納組の覚醒剤取引についての材料を集める捜査を始めたのだった。

その日の夕方、捜査会議が開催されたが、その席で橋本が寺田の婚約者から聞き出したという話を報告した。

「やはり寺田は相当ヤバい仕事に手を染めていたようです。彼女もそれがどんな仕事なのか、はっきり聞いたことはなかったそうですが、警察に知れたら逮捕は免れないので、早々に足を洗う、そのためにも店は辞めると話していたとのことでした」

「相当ヤバいこと、いうんが店絡みやったと、そういうことですか？」

高梨の問いに橋本は「おそらくそうかと思われます」と頷き、報告を続けた。

「そういったわけで寺田は店を辞めることは彼女に宣言していたんですが、ただ辞めるわけではない、これまでさんざん危ない橋を渡らされてきたのだから、それなりの報酬は貰《もら》うということも、ぽろっと漏らしたそうです。危険なことをする気じゃないかと思い、彼女が問い質《ただ》すと『大丈夫』だと言うばかりで言葉を濁したそうですが……」

「寺田はホストクラブを辞めるにあたり、それまでさせられてきた覚醒剤売買をネタに店を脅迫した……いうことやないでしょうか」

高梨の言葉に、会議に出席していた刑事たちが皆して大きく頷く。

「脅された店がそれを加納組に連絡し、加納組が寺田を殺した。その罪を同じホストクラブ勤務の秋本に被せ、覚醒剤取引を隠そうとしている――それで間違いないんやないかと思います」

高梨は周囲を見渡しそう告げると、

「しかし」

と己の導き出した結論を裏付けるのが困難であることを指摘していった。

「自首してきた秋本は、証拠品も持参しとる上に供述にもブレがありません。聞き込みの結果、犯行時刻にはアリバイもない、いうこともわかってます。彼に自白を翻させるには、加納組をあげる以外道はないでしょう。こうなったら一刻も早く、加納組の覚醒剤取引を明らかにしましょう」

「わかりました！」

「ホストクラブの客、当たりましょう！　覚醒剤はそこじゃないかと思います！」

刑事たちが口々に意見を述べ、やる気に溢れる顔を高梨へと向けてくる。

「頼んます」

そんな彼らに高梨は深く頭を下げると、翌日からの捜査に関する刑事たちの割り振りを指示し始めた。

捜査会議が盛り上がっていたちょうどその頃、武内は高梨に言われたとおり、一人官舎の中にいた。

矢神がコンタクトを取ってきても無視するように、と高梨に言われてはいたが、テーブルに置いたままになっていた武内の携帯電話は着信に震える気配すらなかった。

高梨が矢神に話をつけてくれたということだろうか――リビングのソファでクッションを抱いたままごろりと横たわった武内の脳裏に、昨夜の高梨の顔が蘇る。

『僕を信じて、まかせてくれたらええ。ええな?』

真摯な光を湛《たた》えた眼差し。己の肩を叩く高梨の温かな掌《てのひら》――学生時代にも同じように彼に力づけられたことがあった、と、武内は目を閉じ八年前に思いを馳せた。

大学の柔道部のOB交流会が終わったあと、高梨が武内を飲みに誘った。武内は主将になったばかりであり、もとより人付き合いがそう得意ではなかったため、部員たちの心をまとめ切れているか自信がない上に、交流会の仕切りが悪かった自覚もあったので、てっきり叱《しっ》責《せき》されるのだろうと思いつつ、高梨に従った。

高梨が武内を連れていったのは、高梨が現役の頃、部員たちを誘ってよく飲みに行っていた居酒屋だった。

『懐かしいわ』

まだ卒業したばかりやけど、とカウンターに二人並んで座ると高梨は店内を見渡して笑い、叱責を覚悟し固くなっていた武内の肩を『飲もう』と叩いた。

その後高梨は、警察学校でこんなことがあったというような話題や、学生時代の思い出などを楽しげに話すばかりで、武内に注意を促すような話題は一つも出なかった。最初は身構えていた武内だが、やがて緊張も解《ほぐ》れ、高梨との会話を心の底から楽しめるようになった。

酒が進むにつれ武内は、高梨に悩みを打ち明け始めてしまっていた。自分は主将の器ではない、今日の仕切りも最悪で高梨のフォローに助けられてばかりいた、後輩たちも自分が主将では頼りないと思っているに違いない、部を一つにまとめるなんて無理だ――気づけば泣き言を並べ立てていた武内は、不意に横から伸びてきた手に肩を強く叩かれ、はっとして高梨を見た。

『す、すみません。情けないことばかり言って……』

いくら気を許している相手とはいえ、高梨は先輩である。体育会運動部では先輩は気を遣《つか》うべき対象であり愚痴《ぐち》を零すなど以《もっ》ての外《ほか》であるのに、と慌てて謝罪した武内の肩を高梨は笑って再び叩くと、その肩をぎゅっと握り締めながら口を開いた。

『誰かて愚痴くらい零したくなるときはある。気にせんでええ』

『し、しかし……』

優《やさ》しげな高梨の微笑みを見返す武内の胸に、熱いものが込み上げてきた。その『熱さ』は高梨が話すにつれ、ますます武内の胸の中で広がっていった。

『僕も主将やったからな。武内の悩みはようわかる。悩みの中身もまるでおんなしや。僕も主将なりたてのころ、同じことで悩んどったよ。こんなんでやっていけるんやろうか、部員たちはついてきてくれるんやろうか、て』

『え？　先輩が？』

信じられない、と武内が目を見開いたのは、高梨こそが彼の目標とする『主将』像であったためだった。部員たちにとって高梨はカリスマそのものだった。武内の落ち込みは、無意識のうちに高梨と自分を比較し、とてもああはなれないと思ってしまっていたことにもあった。

その高梨もまた、自分同様悩んだという。驚いている武内に高梨は、

『せや。僕かてそない、昔から図太いわけやないんやで』

と照れたように笑うと、『図太いだなんて』と慌ててフォローを入れようとした武内に、

ええ、とまた笑い、

『でもな』

と言葉を続けた。

『自信がない、いうんを見せることが部員たちの不安を煽《あお》ると気づいたんや。あかん、これ

じゃ悪循環やてな。そやし考え方を変えるようにした。僕を主将に選んでくれはったんは部員のみんなや。その信頼に応えるためにも堂々とせなならん。それが選ばれた者の責任やてな』

『……先輩……』

高梨の言葉の一つ一つが、心に滲み入り、武内の胸を熱くする。

『お前かてみんなが選んでくれた主将や。大丈夫やて、おかしなもんでな、嘘でもええから自信あるふりしとると、ほんま、自信が持てるようになってくるんや。騙《だま》された思うてやってみるとええわ』

な、と高梨が武内の背をばしばしと叩く。

『……ありがとうございます』

頭を下げたとき、ぽたり、と武内の目から涙が零れた。高梨はおそらく気づいたであろうに、泣き顔を見られたくないと慌てて目を擦《こす》った武内に気を遣ってくれたのだろう、

『まあ、飲もうや。今日は僕が奢《おご》ったるさかい』

何せ社会人や、と明るく笑って武内の背を叩き、酒を追加してくれたのだった。

「…………」

懐かしい――若き日の高梨と自分の姿を思い起こし、いつしか微笑んでいた武内の顔が不意に曇《くも》る。

高梨との対話が楽しく、気分が高揚してきたために、武内は酒を過ごしてしまった。あまり強くないのに調子に乗って飲みすぎ、店を出たときには酩酊《めいてい》状態で、高梨に肩を借りるほどだった。

『すまん。武内は酒、弱かったんやった』

『大丈夫です……』

高梨は飲ませすぎたとしきりに申し訳なさがってみせ、武内の家の近くまで送ってくれた。先輩に送らせるなどとんでもないと、普段の武内なら恐縮しまくるところだったのだが、それでも高梨の申し出に甘えたのは、その申し出を突っぱねることができないほど足下がおぼつかない状態であったのと、もう少し高梨と共に過ごしたいという思いを抑えることができなかったためだった。

この気持ちはなんなのだろう――『大丈夫か？』と心配そうに顔を覗き込んでくれる高梨の整った容貌《ようぼう》が、綺麗《きれい》に澄んだ瞳《ひとみ》がすぐ近くにある。頬《ほお》と頬が触れ合いそうなくらいに近く顔を寄せている、と自覚すると、酔いで紅潮した己の頬が燃えるように熱くなった。

以前から高梨に対し、憧《あこが》れとしかいいようのない思いを抱《いだ》いてはいたが、これはまるで好きな異性といるときの身体の反応じゃないか、と気づき、いたたまれない思いに陥りながらも、それでもつい、高梨の顔を見てしまう。

『ほんま、大丈夫か？』

高梨はその後、空車のタクシーを捕まえ武内を送ってくれたのだが、家への道が一方通行で大回りになるため、路地の入り口で二人は車を降りた。

『もう大丈夫ですから』

そのままタクシーに乗っていってください、と武内は高梨に言ったのだが、高梨は、

『ええよ。家まで送ったる』

と笑い、支払いを済ませてしまった。

『あ、お金』

『ええて。それより大丈夫か？』

『ほんとにすみません……』

未《いま》だにふらついていた武内に、高梨が再び肩を貸してくれる。またも近く身を寄せることになり、武内の心拍数が一段と速まったそのとき――。

『潤《じゅん》、お前どうしたよ』

背後から名を呼ばれ、振り返った先には矢神がいたのだった、とその状況を思い出していた武内の口から、大きな溜め息が漏れる。

『あ、矢神ー！　久しぶりだなあ』

矢神とはそのとき、ひと月以上会っていなかった。家は隣同士ではあるのだが、最近矢神は自宅に寄りつかなくなったというようなことを、武内は母親から聞いていた。

『矢神君も、悪い子じゃないはずなんだけどねえ』

幼い頃の印象が強いのか、当時矢神は見るからにチンピラという風体をしていたのだが、他の近所の住民のように母は矢神を避けることなく、昔同様に道で会えば声をかけていた。

母の影響というわけではないのだが、武内にとっても矢神は恐怖を抱く対象ではなかったので、母と同じく、幼い頃と変わらぬままに付き合いを続けていた。実際、武内といるときの矢神は服装や言葉遣いこそチンピラのようだったが、中身は少しも変わっていないと武内は思っていたのである。

だが矢神を知らない高梨は、その風体に驚いたらしく、身構えたのがわかった。チンピラに絡まれてるなどと思われたら大変だ、と、武内は慌てて紹介の労を執った。

『先輩、こいつ、幼馴染みなんです。矢神っていいます。矢神、こちら柔道部の先輩、高梨さんだ』

『はじめまして』

『はじめまして、高梨です』

高梨は人を見た目で判断するような狭量な心の持ち主ではない。武内の様子から矢神を親しい友人と判断したようで、笑顔で挨拶したのだったが、対する矢神はいかにもむっとした表情で、高梨の顔をろくすっぽ見ようともしなかった。

高梨が警察官だからか、と一瞬武内は思ったのだが、見ただけでわかるわけないかと思い

直し、何を不機嫌になっているのだと矢神の顔を見やった。矢神はその視線に気づいたのか武内を見返すと、

「俺が家まで送ってやるよ」

と腕を伸ばしてきた。

「ありがとう」

高梨に自宅まで送らせるのは悪いと思っていたので、矢神の申し出はありがたいものであるはずなのだが、そのとき武内の胸に一瞬、寂《さび》しいというような気持ちが宿った。

「そしたら、またな」

高梨が武内から離れ、代わりに矢神が武内の身体を支えようとする。

「大丈夫、歩けるよ」

矢神の胸を押しやったのに、他意はなかった。踵を返し立ち去ろうとした高梨に挨拶をするためだったのだが、そのとき更にむっとした矢神の顔が、武内の視界の隅を過《よ》ぎった。

『先輩、どうもありがとうございました！』

『また部に顔出すわ。そしたらな』

高梨が振り返り、武内と矢神に手を挙げる。頭を下げる武内の横では矢神がそっぽを向いており、それに気づいた武内は、挨拶くらいすればいいのに、とつい非難の目を向けてしまった。

『なんだよ』

ぶすっとした声で矢神が武内に尋ねる。

『感じ悪いよ。高梨先輩、お前にも挨拶してたのに』

武内は矢神に対して遠慮をしたことがなかった。家が隣で同い年であった二人は、別々の高校に通うことになるまで、ほぼ毎日顔を合わせ、兄弟——同い年だから双子であるが——同然に育ってきた。矢神もまた自分に対し、言いたいことをすべてぶつけてきていると武内は思っていたのだが、そのとき矢神は武内に何も言い返すことなく、じろ、と彼を睨《にら》んだだけで、

『行くぞ』

と不機嫌そうな声を出し、先に立って歩き始めてしまった。

『なんだよ、変なの』

ぶつぶつ言いながら武内が矢神のあとに続く。が、矢神の歩調の速さにはよろつく足ではついていかれず、はあ、と息を吐いて立ち止まると、矢神はすぐに振り返り、仕方ないなあ、と言いたげに溜め息をつきながら武内に歩み寄ってきた。

『なにそんなに酔っぱらってんだよ』

相変わらず口調は不機嫌だったが、矢神は親切にも武内に肩を貸してくれた。

『ありがとう』

礼を言ったあと武内は、矢神の問いに答えるべく口を開いた。

『今日、柔道部のOB交流会だったんだけどさ、俺主将なのに上手《うま》く仕切れなくて、落ち込んでたところを高梨さんが声かけてくれたんだ。いろいろ元気づけてもらって、嬉《うれ》しくなっちゃってさ。それで飲みすぎちゃったんだよね』

『……くだらね……』

我ながら弾んだ声を出している自覚はあったものの、矢神がぼそっとそう呟いてきたとき、武内は必要以上にむっとしてしまったのだった。

『なんだよ、くだらなくなんてないよ。僕は本当に嬉しかったんだぜ？　わかってくれてもいいだろ？』

素面《しらふ》の状態ならこうも絡まなかっただろう、と武内はあとからそのときのことを思い返すのだが、そのときは心底矢神に対し腹を立てていた。

『だいたいさっきの態度だって酷いよ。高梨さんは人間できてるから、むっとした様子も見せなかったけど、普通、挨拶したらやり返すのが礼儀だろ？　なんで無視なんかしたんだよ』

『うるせえなあ。高梨高梨って。俺には関係ねえっつーの』

『いくら関係なくても、僕にとっては大切な先輩なんだよ！』

『…………っ』

ほぼ怒鳴りつけるようにしてそう言った武内の横で、矢神は何かを言いかけたが、言葉にすることはなかった。

そのまま数十メートルを歩き、二人は矢神の家の前にさしかかった。

『ここでいいよ』

家には灯りがついていなかった。矢神に父親はもともとおらず、母親が女手一つで育ててきたのだが、その母親が最近姿を見せず、矢神は実質一人暮らし状態となっているという話は母親経由で聞いていた。噂《うわさ》では矢神の母親はヤクザめいた男の許《もと》に走ったらしいというが、真実のほどはわからない。矢神自身、ここ数週間家には帰っていないようだとも聞いていたのだが、と思いつつ武内は矢神から離れながら、つい真っ暗な矢神の家を見やってしまった。

『上がっていかないか？』

それじゃあ、と武内が帰りかけたその背に、矢神が声をかけてくる。

『え？』

武内が振り返ると、矢神はふいと視線を逸らせた。

矢神は先ほどの口論を気にして、または反省しているんだろう。仲直りをしようということだろうな、と武内はそう判断した。

今日は帰宅が遅いと親には伝えてある。矢神と会うのはひと月ぶりだし、ゆっくり話をしたくもあった。

『いいけど……』

それゆえ武内は矢神の誘いに乗ったのだが、家に入ってすぐ、矢神の意図はまるで違うところにあったのだと思い知らされたのだった。

「…………」

ああ、と武内の口から大きな溜め息が漏れる。

記憶から抹消してしまいたい行為だったが、今でも彼はそのときのことを夢に見てうなされることがある。

家に入った途端、矢神は武内を玄関先に押し倒し、その場で彼を犯したのだった。

『よせっ……やめろ……っ』

服を剝《は》ぎ取られている間は、冗談はよせ、と笑っていられたが、裸に剝《む》かれてうつ伏せにさせられたときには、恐怖と嫌悪から悲鳴を上げ、矢神から逃れようと必死になって暴れた。

『やめてくれ……っ……お願いだ……っ』

あまりの痛みに最後は泣きながら懇願したにもかかわらず、矢神の行為が止《や》むことはなかった。達したあとには己の残滓《ざんし》をそこからかき出し、再び突っ込んでくる。苦痛のあまり武内は気を失ってしまったのだが、それでも矢神は彼の腰を抱き続けていたようだった。だが暫くして武内が意識を取り戻したときには彼の姿はどこにもなかった。

何がなんだかわからないが、身体に残る痛みが夢ではないことを武内に伝えていた。裸に

剝かれた下肢《かし》には矢神の上着がかけられており、それまでの彼の行為の非道さとその気遣いのギャップに武内は混乱しながらも、服を身につけよろめく足を踏みしめて自宅へと戻ったのだった。

それ以降、矢神が武内の前に姿を現すことはなかった。家にも帰っていないと武内の母親は心配し、時折『矢神君、どうしたのかしら』と話題にしたが、何も知らない武内に答えられるわけもなく、また、知りたいとも思わなかった。

なぜ矢神は自分を犯したのか――ショックを脱してから武内は、矢神の心理を考えたが、答えはこうではないかという候補すら見つからなかった。矢神もまた酔っていたのだろうか。たまたま虫の居所が悪かったのか。だとしたら暴力をふるいそうなものだが、なぜ彼は『犯す』という手段を取ったのか。

それが一番、自分にとって堪《こた》える辱《はずかし》めだと思ったからなのではないか――武内の頭にその考えが浮かんだとき、同時に彼はあることに気づき、愕然《がくぜん》としたあまり、それ以降考えるのをやめてしまった。

矢神の行為の理由はおそらくそこにはない。だが武内は、己の心の中にある一つの真実に気づいてしまったのだった。

自分にとって最も堪える辱め――なぜそう思うのかと考えたときに武内の心に浮かんだのは、高梨の笑顔だった。

高梨は自分が男に犯されたと知ればどう思うだろう。軽蔑《けいべつ》されるだろうか。汚いものでも見る目つきで見られるのではないか。それは耐えきれないほどに辛い——その思いが何を意味するものなのか、気づきそうになる直前に武内は己の思考を打ち切り、それ以降は二度と矢神に受けた行為のことも、そして矢神自身についても考えるのをやめたのだった。

認めるのが怖かったのだ——今となってはそれがわかる、と武内は再び大きく溜め息をつく。

高梨は同性であり、尊敬すべき先輩である。なのに自分は高梨に対し、それ以上の気持ちを——尊敬以上、憧れ以上の気持ちを抱いてしまっていた。

あってはならないことだと思った。だから気づくより前に封印した。だが再会した高梨に同性の恋人がいると知らされ、衝撃を受けた。

酷く感情的になったのは、決して認めたくはないが嫉妬《しっと》だったのではないか、と武内はまた、大きく息を吐いた。

あの日、想いを打ち明けていれば今、高梨の隣にいるのは自分だったのではないか——。

ふと頭に浮かんだ考えを、ありえない、と苦笑し首を横に振ることで忘れようとする。

高梨は自分に対して、可愛《かわい》がっている後輩という以上の気持ちを抱いてはいない。問うまでもなく彼の目を見ればそれはわかった。自分への眼差しと田宮《たみや》への眼差しを比べればその差は歴然としている。

出会ったのは自分のほうが先だった。それでも高梨は自分を恋愛対象に選ばなかった。その時点でもう、答えは出ているのである。今更嫉妬すること自体が間違いなのだと、頭ではわかっているのに、感情を抑えることはできなかった。

高梨が同性も愛せる人間だということを、どうしても認めたくなかった。彼にとって同性は——自分を含め、同性は誰であっても、恋人となる対象ではあってほしくなかったのだ。

「……馬鹿《ば か》馬鹿《ば か》しい」

今はそんなくだらないことを考えている場合ではない、と武内は思考を切り替えようとしたが、上手くいかなかった。

『僕を信じて、まかせてくれたらええ。ええな?』

高梨の言葉が、彼の真剣な眼差しが、武内の耳に、脳裏に蘇り、やるせない気持ちを胸に呼び起こすからである。

あの言葉が、あの眼差しが、後輩を思いやる先輩としてのものではなく、誰より大切に想う——愛する人間に向けられるものであればよかったのに。

その想いを捨て去ることができずにいる、あり得ないことを夢見る自分に自己嫌悪の念が込み上げてくる。馬鹿だ、本当に自分は馬鹿だ、と呟く武内の瞳からはそのとき、プライドの高い彼が滅多に人前では流すことのない涙が光っていた。

8

翌日の取り調べで、秋本は自分が『身代わり』であることを高梨に告白した。

「そうか」

これで加納組を叩ける、と高梨をはじめ刑事たちが拳を握り締めた矢先、高梨が予想もしていなかった展開が待ち受けていた。

なんと今度は加納組若頭の矢神が『すべては自分のやったことだ』と自首してきたのである。

矢神は一人、警視庁を訪れ、高梨に面会を申し出た。そのときには秋本が身代わりを白状していたため、一体何をしにきたのだと高梨は訝《いぶか》りつつも矢神と対面したのだが、そこで矢神が自首をしたのだった。

すぐに裏付け捜査のために刑事たちが走ったが、犯行時刻の矢神のアリバイは完璧《かんぺき》だった。加納組の二次団体間で揉め事があり、それを仕切っていたという証言は、当事者からも、その仕切りが行われたスナックの従業員からも少しのブレもないものが取れた。

アリバイを指摘すると矢神は、

「人にやらせた」

と言ったが、それが誰であるかは黙秘した。また、寺田を殺した動機についても、

「個人的な恨みだ」

としか言わず、詳細を求めると黙秘を貫いた。

「どう考えても犯人やないと思うんですが」

高梨は自身の見解を金岡に述べ、金岡もそれに同意した。

「しかしなぜ犯人でもないのに自首してきたんだ？　秋本はまだ拘留しているんだろう？」

金岡の問いに高梨が「はい」と頷く。秋本は自首を翻したものの、加納組の報復を恐れており、当面留置所内に留め置かれることになっていた。彼が自主を翻したという情報は加納組には流れていないはずなのだが、と首を傾げる高梨の前で、金岡が憮然《ぶぜん》とした顔で呟いた。

「前々から気になってはいたが、やはり警察内の情報が漏れてるようだな」

「ほんまですな」

前にも同じように、捜査情報が漏洩《ろうえい》したと思しきことがあった、と二人真剣この上ない顔を見合わせ頷き合ったあと、高梨は、

「その件に関しては早急に対応が必要ではありますが、今は矢神をどうするか、決めましょう」

と金岡に告げた。

「どうする？」

「いったん釈放し、泳がすのはどうでしょう」

「しかし自首してきてるんだぞ」

まずないとは思うが、彼が本当に犯人であった場合、釈放後に姿でもくらまされた日には大変なことになる。金岡が躊躇《ちゅうちょ》する気持ちもわかるが、署内に留め置いたところで矢神は決して真実を話さないだろうという確信も高梨は抱いていた。

自首だけでは送致は普通できない。だが矢神はそれを狙《ねら》っている様子はなかった。矢神は本当に事件の犯人になろうとしている、取調室で向かい合ったときに高梨はそう感じ、わけがわからないと首を傾げたのだった。

「矢神の自首は加納組内でも波紋を呼んでいる、いう話です。一旦組に戻し、かき回してやれば、もしかしたら加納組もボロを出すかもしれません」

「リスクが高いが、やってみるか」

加納組の覚醒剤取引はまさにトカゲの尻尾《しっぽ》切りといおうか、覚醒剤の売人はあげられても決して加納組までは辿り着けないものだった。

跡目を継いだばかりだという錦戸《にしきど》という組長は、一見ビジュアル系のミュージシャンのような優男なのだが、徹底した非道ぶりで注目されており、代替わりしてから加納組周辺で物騒な噂が絶えないという。

頭も相当良いらしく、錦戸が組長になってからは加納組の勢力は目に見えて拡大していたが、そのあまりにあくどい手口はヤクザの間でも眉を顰められていると評判だった。

組織犯罪対策部でも捜査の手を伸ばしかねているという現状を思うと、錦戸をはじめ加納組は滅多なことでは尻尾を出すまい。だが、今回の矢神の自首は『滅多なこと』になり得るのではないかと、高梨は判断した。

それゆえ高梨は金岡に矢神の釈放を提案し、金岡もそれに乗り許可を与えた。高梨はその足で取り調べ中であった矢神の許へと向かい、釈放を宣言した。

「釈放？　俺は自首したんだぜ」

矢神も、そして取り調べに当たっていた竹中も、驚きを露《あら》わにした。矢神の驚きようは大きかったが、すぐに高梨に向かい、そう食ってかかってきた。

「自首に信憑性《しんぴょうせい》がないさかい」

「誰にやらせたのかを黙秘しているだけだろう。とにかく命じたのは俺だ。組は関係ない。個人的な恨みで俺があのホストを殺したんだ」

「個人的な恨みてなんです？　あなたと殺された寺田さんの間には、何をどう捜しても繋がりはなんも見えませんでした。あなたはいつ、どこで寺田さんと知り会うたんです？」

「言いたくない。黙秘する」

「都合の悪いことは全部黙秘やね」

やれやれ、とわざとらしく高梨が肩を竦《すく》め、溜め息をついてみせる。

「ともかく、警察はあなたの『自首』に信憑性が見られない、いう判断を下しました。せやからお引き取りいただいて結構です」

「しかし」

きっぱりと言い放った高梨に対し矢神は、尚も自分が犯人だと主張したが、高梨は断固として、彼の言い分を聞き入れなかった。

「お帰りください」

最後はそう言い、取調室の扉を開いて、矢神を外に出そうとした。矢神は憤懣《ふんまん》やるかたなしといった表情をしていたが、そうまでされては居座り続けることはできないと判断したのか、ようやくパイプ椅子から立ち上がった。

矢神が高梨の開いていたドアへと向かって歩き始める。と、そのとき、そのドアの外、廊下を駆けてくる足音がしたと同時に、高梨の姿を認めたらしい武内が部屋に駆け込んできた。

「先輩！　矢神が自首をしてきたというのは本当ですか！」

「武内、お前……っ」

矢神に気を取られていた高梨は、武内が部屋に入ってくるまで彼に気づかずにいたのだが、すぐに我に返ると、家から出るなと言っただろうと彼を叱責しようとした。

「……あ……」

「…………」

だがそのときには武内は、室内にいた矢神に気づき、言葉を失い立ち尽くしていた。そんな武内を矢神もまた啞然《あぜん》として見つめていたが、すぐにふいと目を逸らすと、彼の身体を押しのけるようにして高梨の開いていたドアから外へと出ていった。

「矢神！」

武内は矢神の背に呼びかけたが、矢神が振り返ることはなかった。そのまま肩を怒らせ立ち去っていく矢神の後ろ姿を見つめていた高梨に、武内が駆け寄ってくる。

「先輩、どういうことなんです？　なぜ矢神が自首を？　それに自首をしたのならなぜ彼を釈放したんです？」

「武内、落ち着け」

高梨は武内を取調室に入れると、竹中には部屋を出るようにと指示し二人きりになった。

「先輩、どういう……っ」

「家におるようにって言うたやんけ。なんで来た？」

二人になった途端、勢い込んで問いかけてきた武内の両肩を高梨が摑み、厳しい口調で逆に彼に尋ねる。

「……申し訳ありません。上司から矢神が出頭したという連絡があり、居ても立ってもいられなくなってしまって……」

武内はそう頭を下げたものの、すぐに顔を上げ高梨に縋るようにして問うてきた。

「それより、どうして矢神が自首を？　既に他の男が自首してきたのですよね？　やはり身代わりだったのですか？　そのため矢神が自首をしてきたんですか？　矢神はなんと言ってるんです？　教えてください、先輩」

「せやから落ち着け、言うとるやろが」

矢継ぎ早に問いを発する武内は相当興奮しているようだ、と高梨は内心驚きながらも、彼の両肩を摑んで揺さぶり、話を聞け、と顔を覗き込んだ。

「……すみません……」

はっと我に返った様子の武内が、バツの悪そうな顔をして俯く。彼の肩を高梨はぽんと叩くと、ざっと事情を説明した。

「……わけがわかりませんね……」

話を聞き終えた武内の口から出たのは、高梨が思っているのとまるで同じ言葉だった。

「ああ、わからへん。あくまでも矢神は、犯行は自分の独断であり、組は関係ないいうスタンスやった。覚醒剤は関係ない、あくまでも個人的な恨みやと……」

「なんのために矢神はそんなことを？　組を守るためでしょうか。それにしてもわざわざ若頭の彼が自首しなくてもよさそうなものですよね。それこそチンピラに同じことを言わせて自首させればすむことで……」

「ほんま、そのとおりや。その上矢神は今、覚醒剤取引のことで組長と対立関係にある、いう話も出とる。まだ矢神が自首を組に強要された、いうんやったら話もわかるが、矢神の自首は組にとっても寝耳に水やったらしく、今、上を下への大騒ぎになっとるらしいんやわ」

「……本当にわけがわからない……」

武内が再び、同じような言葉を口にする。

「せやろ。だから矢神を釈放したんや。これで組に何か動きが出るかもしれん。そこを一気に叩くつもりやさかい、少し待ってもらえないやろか」

「……わかりました……」

高梨の言葉に、武内がこくん、と首を縦に振る。いつもの彼らしくない、心ここにあらずといったぼんやりした様子に高梨はどうしたのだ、と彼に問いかけようとしたのだが、そのとき取調室のドアがノックされたのとほぼ同時に血相を変えた竹中が室内に飛び込んできた。

「警視！　事件現場のスナックを管理していた不動産屋が姿をくらましました。裏で加納組が動いているようです！」

「なんやて!?」

高梨の顔色がさっと変わる。

「まさか消されたいうんやないやろな？」

「わかりません。家人には何も告げずにいなくなったとのことでしたが、出奔する直前に加納組のチンピラが不動産屋を訪れたという証言が取れてます」

「よし、まずは不動産屋の身柄確保や。不動産屋に来たいうチンピラも特定し事情聴取してくれ。それからガイシャが現場に入るの見た、いう風俗店の店主の所在も確認するようにな」

「わかりました！　すぐ動きます！」

「僕もすぐに行くわ」

駆け去っていった竹中の背に高梨は声をかけると、二人の会話を緊張した面持ちで聞いていた武内に視線を戻した。

「いよいよ加納組が動き始めたらしい。最後の悪あがきや、思うさかい、ええな、お前は自宅か地検で待機しとるんやで？　決して一人で行動したらあかん。矢神からコンタクトがあっても、応じたらあかんよ？　すぐに僕に知らせてや？」

「わ、わかりました」

気が急《せ》いているため一気にまくし立てた高梨に武内は、呆然《ぼうぜん》としつつも、わかっている、と頷いてみせた。

「ほんまやで？」

武内の表情は気になったものの、人命にかかわるかもしれない事態だったためにそれ以上高梨は彼に気を配ることができなかった。

それでも武内を信頼していた高梨は、自分がそう言い置けば武内は従ってくれるに違いないと信じていた。

一抹の不安は抱いていたが、後輩を信じずにどうする、と高梨は自分に言い聞かせ、武内を残し捜査本部へと駆け戻ったのだった。


一人取調室に残された武内は、暫くの間呆然とその場に立ち尽くしていた。何から何までわけがわからない、と溜め息をついた彼は、まず思考を整理しようと取調室の椅子に腰掛け事件のことを考え始めた。

最初にホストが自首してきたことは武内の想定内の出来事だった。おそらく加納組は覚醒剤取引を隠蔽《いんぺい》するために、覚醒剤とはまるで関係のない動機を持つ犯人を身代わりとして送り込んできたのだろう。だが、矢神が自首をしてきた理由も事情も、武内は一つとして思いつかなかった。そもそも、彼が自分を脅迫した状況も、今となってはよくわからない、と武内は首を傾げる。

まず矢神は、自分が事件の担当か否かを尋ねてきた。次に自分が担当になったことを知って呼び出し、捜査の目が加納組に向くことがないようにと脅迫された。その矢神がなぜ、自首などしてきたのか。しかも加納組に知らせることなく、自身の判断で――？

やはりどう考えてもおかしい、と武内は納得できる説明を自身に下せぬことに、どうしようもないほどの苛立《いらだ》ちを覚え始めていた。

矢神の意図はどこにあるのか。なぜ彼は自分を犯してまで事件にかかわらせまいとしたのか。その理由を知りたいという欲求を、今や武内は抑えられなくなっていた。

なぜそうも『知りたい』と思うのか、まずそのことを突き止めるべきだろうという考えがちらと彼の頭を過ぎったが、敢えてそれには目を瞑《つぶ》り、まずは矢神が事件にいかにかかわっているか、それを解明しよう、と武内は心を決めた。

それを知る一番の近道は矢神本人を問い詰めることである。先ほど釈放された彼はおそらく自宅にいるだろう、と思ったときには既に武内は椅子から立ち上がり、取調室を飛び出していた。

警視庁を出て空車のタクシーを捕まえ、「新大久保」と行き先を告げる武内の脳裏にはそのとき、この上なく己の身を案じてくれていた高梨の顔が確かに浮かんでいた。

にもかかわらず、自分がいかに無鉄砲な行動に出ようとしているか、武内もしっかり自覚していたのだが、なぜそんな行動に己が駆り立てられているのかということまでは把握できていなかった。

自身の心が読めぬなど、あり得ないだろうに――溜め息をつく武内の脳裏に、先ほど取調室で合わせたばかりの矢神の顔が浮かぶ。唖然としたあと、すぐに目を逸らした彼のその表情と、八年前、まだ親しく行き来していた頃の若き日の彼の表情が重なった。

「…………」

八年前のあの夜、矢神はどうして自分を犯したのだろう。そしてなぜ彼はその後自分の前から姿を消したのだろう。

犯されたショックで自ら追求を停止した疑問が次々と吹き出してくる。その答えもまた、矢神本人に聞かない限り得られないだろう、と武内は溜め息をつき、車窓の外を見やった。

思えば八年ぶりに顔を合わせたというのに、矢神とは会話らしい会話を交わしていない。彼にとっての八年が自分にとっての歳月とどう違い、またはどう重なっているのか——何度か顔を合わせているのに、なぜ会話をしようという気持ちにならなかったのだろう。

顔を合わせた途端、矢神は武内をベッドに押し倒し、強引に行為に持ち込むのが常だった。会話どころではなかったじゃないか、と己の抱く疑問に対し早々に答えを見出《みいだ》した武内の顔が自嘲《じちょう》に歪《ゆが》む。

会話がないのは矢神も、そして自分もそれを望んでいないためだ。今回の事件さえ起こらなければ、矢神も自分を思い出さなかっただろうし、自分もまた夢に見るくらいで矢神をあえて思い出すことはなかった。まさに赤の他人、通りすがりの人間でしかないお互いに、かけるべき言葉などあるわけもない。

しっかりしろ、と武内は車のドアに寄りかかり、こつん、と窓ガラスに額をぶつける。

余計なことを考えるのはよそう。矢神に対して今、聞くべきは、なぜ自首などしたのかという動機だ。八年前なぜ彼が自分を犯したのかということも、今、彼が自分を脅迫するその手段として、強姦を選んだのはなぜなのか、ということも、敢えて知らずともいいことなのだ。

すべてが解明されたあとに、理由付けがなされればいいし、なされないままでもかまわないじゃないか、と武内は車窓を流れる風景を見ながら一人、大きな溜め息をついたのだが、そのとき彼の頭に浮かんでいたのはその思考とはうらはらに、八年前自分をいきなり押し倒した、凶暴でいながらどこか傷ついているように見えた、若き日の矢神の顔だった。

道が少し渋滞したこともあり、武内が新大久保にある矢神のマンションに到着するのに三十分ほどかかった。マンション前でタクシーを降りた武内は、ここまで来たはいいが、と自分の行動に困惑しつつ建物を見上げた。

自宅か地検で待機しろ、という高梨の指示を無視し、こうして矢神のマンションまで来てしまったのはなぜなのか。自首の意図を問い詰めたかったとはいえ、矢神がそれを自分に明かすかといえば、答えはノーだろうに、と溜め息をつき、武内は上方を見続けすぎたために だるくさえなっていた首を元の位置に戻した。

今まで矢神にどんな目に遭わされてきたかを思えば、すぐにもこの場を立ち去るべきだ。力ずくで犯された記憶が頭に、身体に蘇り、不意に冷静に戻った武内はぶるっと身を震わせると踵を返そうとした。

と、そのときマンション前に白いベンツと数台の黒塗りの国産車が乗り付けてきたかと思うと、まず白いベンツの運転手が降り立ち後部シートのドアを開いた。ほぼ同時に黒塗りの車の前後のドアからわらわらと男たちが——どう見ても真っ当な職業についているとは思えない、チンピラ風の男たちが降り立つ。

「……な……」

一体何事だ、と思わず足を止めてしまっていた武内の前で、白いベンツからスーツ姿の若い男が降り立った。顔が小さいためにサングラスにほとんど覆われている印象があるが、一見男装の麗人のような雰囲気だ、と武内はその姿を目で追っていた。というのも、車から降り立ったチンピラたちがその『麗人』のあとに大挙して続いたためである。

まるで女王蜂《ばち》のようだ、と思った武内の頭に、もしや、という考えが浮かぶ。大勢のチンピラを従えるあの男が加納組の組長なのではないか。組長自ら若頭の矢神を訪ねてきたのでは、と武内が尚も男たちの姿を目で追っていたそのとき、チンピラの一人が慌てた様子で先頭を歩く『麗人』に駆け寄り、耳打ちをした。

「なに？　例の検事だと？」

『麗人』の足が止まり、武内を振り返る。

「……え……？」

どうやら相手もまた、なぜか自分の身元に気づいたようだと察した武内は反射的に逃げ出そうとしたのだが、そのときには既に駆け寄ってきたチンピラたちに囲まれていた。

「なんですか、あなた方は」

ぎょっとしたものの、怯《ひる》んではつけ込まれると武内は判断し、虚勢を張ってみせた。が、チンピラたちが答える気配はない。

「失礼します」

武内は強引にチンピラの間を割ろうとしたが、そのとき背後でバリトンの美声ともいうべき男の声が響いた。

「失礼、あなた、東京地検の武内検事よね？」

腰にくる美声といってもいい声であるにもかかわらず、オカマ口調であることにとてつもない違和感を覚え、武内が声の主を振り返る。

「どうも、こんにちは」

武内を取り囲んでいたチンピラたちの壁がモーゼの十戒さながらざっと割れ、その間から

『麗人』が――推定加納組の組長が、優雅に微笑みながら歩み寄ってくる。

女と見紛《みまが》う外見の彼は身長も百七十センチ以下、華奢《きゃしゃ》といってもいい体つきをしていた。その上口調もまたオカマめいたものであるというのに、彼の全身からは物凄い迫力が放たれており、あたかも蛇に睨まれた蛙のごとく武内は身動きが取れなくなっていた。

その間に武内のすぐ前まで歩み寄ってきた『麗人』が、にっこりと微笑み武内の顔を覗き込んでくる。

「名前は確か、武内潤。矢神の昔馴染みでしょう？」

「どうして私の名を……」

サングラスに顔半分は隠れていたが、すぐ目の前で見る『麗人』はまさに『麗人』――美女と見紛う酷く美しい容貌をしていた。この優男が本当に組長なのか、という戸惑いと、フルネームまで把握されていることへの驚きから、ぽろりとそう零した武内に向かい、『麗人』が尚も華麗に微笑んでみせる。

「検事さん、ヤクザの情報網を舐めちゃダメ。痛い目見ることになりかねないわよ」

おほほ、と高く笑うそのさまは、いくら容姿が美しかろうと違和感を覚えずにはいられないのだが、その場にいるチンピラたちは少しも表情を動かさず、それどころか緊張感を漲《みなぎ》らせている輩《やから》も多くいるようだった。

「ああ、失礼。まだ名乗ってなかったわね。あたしは錦戸。さあ、行きましょう」

立ち尽くしていた武内の腕を、男が——錦戸が摑む。やはり彼が加納組の組長か、と武内は理解したが、それなら尚更危険ではないかとはっとし、錦戸の腕を振り払おうとした。が、優男のどこにこんな力があるのだというほどの強い力で摑まれた腕は自由になることがかなわず、武内はそのまま錦戸に引き摺《ず》られるようにして矢神のマンションのエントランスを潜《くぐ》ることとなった。

「腕を放してください。なんですか、あなたは。警察を呼びますよ？」

錦戸の腕を振り解《ほど》けないばかりか、周囲をチンピラたちに囲まれ、逃げ出すことが不可能になったとわかった時点で、武内は騒ぎ立てたのだが、時既に遅し、

「そんなに怖がらなくてもいいじゃない。どうせ行き先は一緒なんだし」

またも、おほほ、と笑いながら錦戸にそういなされ、結局武内はそのまま錦戸らヤクザたちと同じエレベーターに乗り込まされ、最上階へと連れていかれた。

エレベーターを降りてからは錦戸は何も喋らず、矢神の部屋を早足で目指していた。彼に引き摺られながら武内は、これから自分の身に、そして矢神の身に何が起こるのか、まるで予測できない己に苛立ちを覚えていた。

やがて錦戸は矢神の部屋の前に到着すると、無造作にドアチャイムをピンポンピンポンと二度鳴らした。

そういえば彼はオートロックを易々《やすやす》と潜っていたな、と思っていた武内の前で扉が小さく

開く。

「どうも」

錦戸がドアの向こうににっこりと笑いかける。彼の後ろにいた武内は、ドアの隙間《すきま》を覗くことができずにいたのだが、そんな彼の前でそのドアが大きく開かれ、いかにも動揺している様子の矢神が顔を出した。

「武内、お前どうして……っ」

「……あ……」

矢神は武内に問うたが、武内が返事をするより前に彼の視線は錦戸へと移っていた。

「組長、これはどういうことです？」

「やだわ。下で偶然会ったのよ。それより私こそ聞かせてもらいたいものだわ。あなた、一体どういうつもりで自首なんかしたの？」

気色ばんで問いかけた矢神に対し、逆に怒りを露わにしてみせた錦戸がじろりと彼を睨む。

「それは……」

矢神は何か答えようとはしたものの、結局口を閉ざしてしまった。

「まあ、いいわ。話はゆっくり、中で聞かせてもらうから」

あからさまに、やれやれ、と呆れてみせた錦戸が有無を言わさず矢神の家に上がり込もうとする。

「組長」

「話はあとだと言ったでしょう」

矢神の制止をものともせず、錦戸は武内の腕を引いたまま、矢神を押しのけ強引に中へと入ると、真《ま》っ直《す》ぐにリビングへと向かっていった。

「さて」

矢神が勧めるより前に、錦戸がどさりと窓辺のソファに腰を下ろす。彼に腕を取られていた武内も弾みでソファに倒れ込んだのだが、体勢を立て直そうとしたときに錦戸の手が外れていることに気づき、慌てて立ち上がった。

「武内！」

青い顔をした矢神に名を呼ばれ、考えるより前に彼へと駆け寄っていった武内の背中で、楽しげな錦戸の笑い声が響く。

「さすが幼馴染み、仲がいいわねえ」

仲良きことは美しきかな、と錦戸が言い、おほほ、と高く笑う。

「それだけ仲がいいっていうのに、どうして捜査方針は変わらなかったのかしら？　矢神、あんた偉そうなこと言ってたわよね。武内検事は俺に任せろ。組は口を出すなってさ。でも結果はどう？　警察は未だに組の周辺うろうろしてるし、捜査もシャブからちっとも離れていってないじゃないの。その上あんたが自首？　まったく、わけわかんないわよ」

喋り出した当初錦戸は笑っていたのだが、最後のほうでは彼は鬼のような表情になり、矢神を睨み付けていた。自分を庇《かば》うように彼との間に立ちはだかった矢神の肩越しにその顔を見た武内の背に冷たいものが走る。

口調が口調ではあるが、さすがヤクザの組長、凄味あるその様子に思わず怯んでしまった武内を、肩越しにちらと振り返ったあと、矢神が同じく凄味のある声を張り上げた。

「覚醒剤取引から警察の目を逸らせろという指示に従ったまでだ。俺が出頭すればなんの問題もないだろう」

「起訴されりゃあね。でもあんたは釈放されたじゃない。アリバイがあったんですって？　間抜けな話よね」

バカじゃないの、と吐き捨てるように錦戸が言いながらソファから立ち上がる。

「最初からあたしの言うことに従っときゃよかったのよ。検事をシャブ漬けにして、それをネタに強請《ゆす》ればいい。そうすりゃ警視庁だけじゃなく地検にも太いパイプができたじゃないの。その計画を無駄にしたばかりか、更に警察の目を集めることになった罪は重いわよ、矢神」

「責任は取る。俺が起訴されりゃあいいんだろう？」

矢神もまた一歩を錦戸へと踏み出し、ドスの利いた声でそう答える。

「自首したもんを帰らされたのよ。無理に決まってるじゃない」

錦戸はわざとらしいくらいに大仰に肩を竦めると、一歩、また一歩と矢神に近づいていった。それにあわせて矢神は二歩下がり、呆然と二人の様子を見つめていた武内の前に再び立ちはだかる。

「計画変更……というよりは軌道修正だわね。どきなさいよ。あんたはもう、破門よ。今後は全部あたしが仕切るわ。まずは検事の身柄を寄越してもらいましょうか。当初の計画どおり、シャブ漬けにしてやるからさ」

にやり、と笑いながら錦戸が一歩ずつ矢神へと近づいてくる。彼の動きに合わせ、周囲を取り囲んでいたチンピラたちもまた、矢神と武内への距離を詰めた。

「……っ」

多勢に無勢――矢神はあくまでも武内を庇おうとしていたが、こうも大勢に囲まれては庇いきれるものではないだろう。柔道黒帯であるゆえ腕力には自信がないでもない武内ではあったが、多人数同時に攻撃されてはとても太刀打《たちう》ちはできないだろうと思われた。

どうするか――チンピラたちが襲いかかってくるより前に、一一〇番通報をする。話をする前に電話を取り上げられても記録は残るだろう。それとも高梨の携帯にかけようか。番号を呼び出す余裕はあるだろうか、と思いながら武内はポケットに手を入れ、携帯を取り出そうとした。

「電話なんてされたら面倒だわ。さあ！」

めざとく見つけた錦戸がかけた号令を受け、チンピラたちが一斉に矢神と武内へと襲いかかってくる。四方から伸びてくる彼らの攻撃を避けるのが精一杯で、電話をかける余裕など武内にはなかった。

「よせ！」

矢神はチンピラたちを殴り返しながら、武内をガードしようとしていた。武内もまた襲いかかってくるチンピラを避け、続いて殴りかかってくる別のチンピラを背負い投げよろしく床に沈めていたのだが、やはり人数の差はいかんともしがたく、次第に二人の息は切れ、次から次へとやってくるチンピラたちの攻撃をかわしきれなくなってきた。

「潤！」

最初にチンピラ二人に飛びかかられ、両脇《りょうわき》を押さえ込まれたのは武内だった。矢神が彼へと駆け寄ろうとしたところを後ろからチンピラが飛びかかり、羽交《はが》い締《じ》めにする。

「まったく、往生際が悪いにもほどがあるわよ」

人数差がどれだけあると思ってるのよ、と心底馬鹿にした口調で錦戸はそう言い肩を竦めると、暴れる二人が自由を求めて喚《わめ》くのを無視し、チンピラたちに次なる指示を出した。

「組事務所に戻るわよ。そこで二人とも、シャブ漬けにしてやりましょう」

行くわよ、と錦戸が先に立って歩き始める。

「錦戸！　武内には手を出すな！　俺を犯人に仕立て上げりゃいいだろう！」

その背に、二人のチンピラに両脇を抱えられ、無理やり引き摺られていきながらも矢神が叫んだ。

「……っ」

矢神は捨て身になって自分を庇おうとしている——どういうことなのだ、と矢神と同じくチンピラたちに両脇を挟まれ引き摺られかけていた武内が思わず彼の顔を見る。

「バカじゃないの？」

矢神の言葉を聞き、錦戸は彼を肩越しに振り返ったが、その口から出たのは、まさに彼を馬鹿にした一言だった。

「さあ、行くわよ」

すぐに前に向き直った錦戸が、高らかにそう宣言し、開いていたリビングのドアを出て足早に廊下を進んでいく。

「錦戸！　てめえっ！」

そのあとに続くべく、強引に引き摺られながら、矢神が怒声を張り上げ、武内がなんとかチンピラたちの腕を逃れられないかと立ち止まろうとしたそのとき、いきなり玄関のドアからカチャカチャと鍵を開ける音がしたかと思うと、

「な、なんなの？」

と動揺を見せていた錦戸の前でそのドアが勢いよく開いた。

「警察だ！」

わらわらと飛び込んできた屈強の男たちの先頭に立っていたのは高梨だった。

「せ、先輩！」

武内が驚きに目を見開いているうちに、刑事たちが錦戸をはじめとするチンピラたちを取り囲み、騒ぐ彼らの抵抗を封じ追い立てるようにして部屋を出ていく。

「武内、大丈夫か!?」

真っ青な顔で高梨が駆け寄ってきたときにはもう、両脇を抱えていたチンピラたちは刑事に連れていかれ、武内は自由を取り戻していた。

「大丈夫です……が……どうして……？」

まさに危機一髪というところにこうも都合よく高梨が訪れるなど、現実とはとても思えない。夢かはたまた、自分がおかしくなってしまったのではないかという思いを捨てられず、呆然と高梨を見返していた武内は、その高梨に頬を軽く叩かれ、ようやくこれが現実だと知ることになった。

「しっかりしいや。ほんまに大丈夫か？」

「……あ……」

じいん、と痛む頬の感触を己の手で押さえ込んだ武内の顔を、高梨が心配そうに覗き込んでくる。

「申し訳ありません。大丈夫です」

しっかりした口調で答えた武内を見て高梨はようやく安心した顔になったが、

「でもどうして？」

と、先ほどと同じ問いを発した武内に対し、いきなり怒声を張り上げた。

「どうしては僕の台詞《せりふ》や。家で待機しろ、言うたやないか。なんでここにおんねん？」

「……す、すみません……」

今まで目にしたこともない高梨の剣幕に押され、武内が弱々しく謝罪する。と、そんな彼の肩をぽん、と叩くと高梨は厳しい表情を緩め、ほっとしたように微笑んでみせた。

「ほんまに無事でよかった。このマンションを監視しとった新宿西署の刑事から、お前が錦戸らに連れ込まれたいう報告を受けたときには心臓止まるか、思うたで」

「……本当に……申し訳ありません……」

自分の身を案じてくれたからこそ、ああも怒ってみせたのだ。そう察した武内の胸に熱いものが込み上げ、声が震える。

「もうええ。無事やったんやし」

目に涙まで込み上げていたことを隠し俯いた武内の肩を、高梨がまたぽん、と叩く。あまりに優しいその感触に、堪えきれない涙をぽたりと床へと落とした武内の耳に、高梨の柔らかな声が響いた。

「矢神さんが守ってくれはったんやろ？　二人ともほんまに無事でよかった」

「……え……？」

高梨の口から唐突に出た矢神の名に驚き武内は顔を上げた、彼の視界の隅に所在なさげに立っていた矢神の姿が映った。

「………」

思わずまじまじとその顔を見た武内の視線に気づいたのか、矢神もまた彼を見返し、二人の視線が一瞬絡まる。

「ほんま、よかったわ」

高梨が再び同じ言葉を繰り返し、ぽん、と武内の肩を叩いてきたのに、武内がはっと我に返って彼を見上げたため、絡んだ視線が外れた。高梨は武内に微笑み返したあと、今度は矢神を見やり彼に声をかけた。

「矢神さん、署までご同行いただけますか？」

「……はい……」

高梨に呼びかけられ、矢神の視線が武内から彼へと移る。おとなしく頷く矢神を、そしてその矢神に対し丁重に接してみせる高梨を、かわるがわるに見やる武内の頭の中は今、酷く混乱してしまっていた。

9

高梨は武内に対し、念のため病院に行ってはどうだと勧めたが、武内は「大丈夫です」と言い張り、自分も捜査本部に戻りたいと主張した。

「あとから報告するさかい」

高梨がいくらそう言っても武内は「お願いです」と頭を下げるのみで病院に行く提案も、自宅に戻ったらどうだという提案も退け続け、最後には高梨が折れることとなった。

「……申し訳ありません」

我《わ》が儘《まま》を言いまして、という武内に高梨は「いや」と苦笑し、彼の肩を叩いてやった。高梨には武内がなぜ、捜査本部に向かいたがっているのか、その理由が漠然とだがわかるような気がしたためだった。

おそらく彼は矢神の供述をすぐにも聞きたいのだろう――それが高梨の推察した武内の心中だった。矢神のマンションに飛び込んだ途端、高梨の目に映ったのはチンピラたちに押さえ込まれた武内と矢神の姿で、それを見た瞬間高梨は、矢神の自首の理由を察したのだった。

武内にはまだわかってないのだろう。だからこそ知りたいと思うのだ。そう察したために高梨は署への同行を許したのだが、もしかしたら武内の胸にはそれ以上の気持ちもあるのかもしれないな、とも考えていた。

新宿西署に到着すると高梨は別の車で搬送された矢神の待つ取調室へと向かおうとしたが、同席しようとした納を呼び止め、

「お願いがあるんやけど」

と彼を拝んだ。

「お願い？　なんだ？」

不思議そうに問い返した納は、続く高梨の言葉に愕然とした顔になった。

「取り調べ、武内検事に隣の部屋から聞いてもらおう思うんやけど、ええかな」

「ええ？」

納同様、武内もまた、高梨の提案に啞然とする。そんな彼に高梨は、にこ、と微笑みかけると、

「俺に断る理由はないが……」

どういうことだ、と聞きたそうにしている納の背をバシッと叩いて「おおきに」と礼を言った。

「そしたら武内、行くで」

「あ、はい」

何がなんだかわからないながらも武内はガタイのいい大男二人のあとに続いた。取調室の隣にはこっそりと中を窺える小部屋が付随してある。高梨は武内をその部屋へと先に入れると納を促し、取調室へと入っていった。

取調室では矢神が一人所在なさそうに座っていた。高梨と納の姿を認めると、どうも、というように軽く会釈をする。以前自首をしてきたとき、一見彼の態度は殊勝そうだったが、実際のところは警察に対し少しの隙も見せるものかという緊張感が漲っていた。だが、今の矢神からはその緊張感が失《う》せている、と高梨は会釈を返しながらそう彼を観察していた。

「まずはホストの――寺田の殺害について、ご存じのところを話してもらえますか？」

高梨の問いに矢神は「はい」と素直に頷き、口を開いた。

「あのホストを殺害したのは、加納組の連中だと思います。首謀者は組長の錦戸で、動機は覚醒剤取引の隠蔽です。ホストクラブ『ユア・ラヴァーズ』は加納組の覚醒剤取引の拠点の一つでした。ホストたちを使い客相手に覚醒剤をばらまくのです。殺されたホストは店を辞める際、覚醒剤を売らされていたと警察に密告《たれこ》むとホストクラブのオーナを脅迫してきたそうで、オーナーから組に泣きが入りホストを消したという経緯であると……思います」

矢神は相当頭がいいらしく、高梨の質問に対し実にわかりやすく状況を順序立てて説明したものの、最後は声のトーンを落とし奥歯にものがはさまったような言い方で話を終えた。

「『思います』いうのは、これが事実かわからん、いう意味ですか？」

矢神がそんな話し方になった理由をすぐに察した高梨が確認を取る。

「……はい。覚醒剤取引については自分は常に蚊帳《かや》の外に置かれていたもので……今までの話は組の若手から少しずつ集めた情報を組み立てた推論です。が、そう外れてはいないと思います」

「……そうですか……」

やはりそういうことだったか、と頷いた高梨の前で矢神は顔を上げると、次々と彼の推論の裏付けとなる証拠を話し始めた。

「被害者が閉店した店に入るのを見たと証言した風俗店の店主も、殺害現場となった店を管理していた不動産屋も、組の息がかかった連中です。嘘の証言でもなんでもするでしょう。手を下したのは錦戸組長のボディガードたちだと思います。中に一人、殺人《ころし》のプロといわれる人間がいると聞いています」

「それがわかっていて、どうしてあなたはご自身で自首されたんですか」

「……っ」

それまで滔々《とうとう》と喋っていた矢神が、高梨の問いに一瞬、う、と答えに詰まる。と、今度は高梨が流れるような口調で彼に質問を開始した。

「寺田さん殺害が覚醒剤絡みであるとあなたは理解していた。なのにあなたはその覚醒剤のことを隠し、自身が寺田さんに恨みを抱いていたのが動機だと言い自首してきた。なぜすべて正直に明かされなかったんです？　あなたが今の推論を前に話してくだされば、捜査本部もその方向で動いたでしょう。加納組にはすぐ捜査の手が伸び、あなたも、そして武内検事も、あない危険な目に遭うことはなかった。そうは思いませんか？」

「……極道者にも決して踏み外しちゃならない道があるんです」

身を乗り出し訴えかける高梨を真っ直ぐに見返し、矢神がぼそりとそう告げる。

「道？」

「盃《さかずき》を受けたからには、組を裏切ることはできない。警察に売るなんて以ての外だ。自分がこうしてすべてを話せるようになったのは、さっき組長から破門されたからです。もう組に対しても組長に対しても義理立てする必要がなくなったというわけです」

「……まさに任侠《にんきょう》の徒ですな」

矢神の言葉に高梨は心底感心していた。その気持ちがぽろりと口から出たのを聞き、矢神は自分がからかわれたとでも思ったのか、むっとした顔になった。

「ああ、ちゃいます。茶化したわけやありません。ほんまに感じ入ったんですわ」

高梨が慌てて言葉を添える。

「以前、やはり『任侠』というに相応《ふさわ》しい組長さんに話を聞いたことがあるんですわ。覚醒剤は確かに儲《もう》かるが、そんなもんを扱うようになってはヤクザはおしまいだと。資金源にする組は多いが、そういう連中はヤクザじゃない、暴力団だと……。錦戸組長はその『暴力団』であったのにあなたは仁義を通そうとした。仁義も礼節も通じない相手だというのにあくまでも任侠であろうとするのは凄いなと……」

「……凄いことはない。ただ、馬鹿なだけです」

高梨の称賛が面映《おもは》ゆいのか、矢神は少し照れた顔になると、ふいと高梨から目を逸らせ、ぼそりとそう呟いた。

「サメちゃん、ちょっと耳、塞《ふさ》いでてくれるか？」

と、高梨は肩越しに記録を取っていた納を振り返り、ごくごく軽い口調で声をかけた。

「へ？」

納は驚いたように目を丸くしたが、すぐに高梨の意図を察したらしく、

「わかった」

と頷くと、ペンを置き本当に両耳を手で塞ぐというパフォーマンスをしてみせた。

「これから先は、記録には残しませんよって」

おおきに、と高梨が納に片目を瞑ってみせたあと、矢神に向き直り、一体何が始まったのだと不審そうな顔をしていた彼に笑いかける。

「武内検事を事件から遠ざけようとしたのも、同じ理由からですか？」

「…………」

ああ、そういうことか、と矢神は納得した顔になると、小さく「はい」と頷いた。

「組を守るため？」

「はい」

高梨の問いに矢神が同じように小さく頷く。

「……ちゃいますやろ」

だが高梨が苦笑しそう言うと、矢神は顔を上げじろりと睨んできた。

「組やのうて、武内を守るためやろ？　せやから自分がやったと自首をした。組が武内に目をつけたきっかけはなんやったんです？　あなたと一緒にいるところを見られたことかな？　古い知り合いや、いうことが知れてもうたからかな？」

「…………」

たたみかけるような高梨の問いに対し、矢神は無言で彼を睨み返していたのだが、やがてはあ、と大きく息を吐いた。

「……武内と久々に再会したとき、俺は一人じゃなかった。数名舎弟を連れていたんだが、中に組長の息のかかった男がいて、俺が地検の検事と知り合いだと組長に報告しやがったんだ」

「それで組長から指示が出たんやね。地検の検事を抱き込めと」

「……いや……」

矢神が首を横に振り、ぽつぽつと語り始めた。

「……身内の恥を晒すようだが、錦戸は先代の愛人だった。身体を悪くした先代は跡目を錦戸に継がせたいと言い、俺に若頭として錦戸を支えてやってほしいと頼んできた。先代には大恩があったから引き受けたが、組長になってからの錦戸は金儲けに走り、先代が築き上げてきた組をめちゃめちゃにしようとする。自然と意見を述べることが多くなる俺を奴は煙たがり、弱みを握って完全に俺を御すか、もしくは組から追い出すかと狙っていた。そんな折に武内の職業やら、俺と昔馴染みであることやらが奴に知れてしまった。奴は武内を拉致《らち》してシャブを打ち、それをネタに脅せと言ってきた。脅した上で担当検事になるよう仕向ける、それが無理なら担当になった検事を抱き込む手伝いをさせると。だから俺は……」

「……やっぱり、武内検事を守るためやったんやないですか」

高梨がそう言い、手を伸ばして向かいに座る矢神の肩を叩く。矢神は一瞬身体を硬くしたが、やがて、はあ、と大きく溜め息をつき頭を下げた。

「……結局、守ることはできなかったが」

「いや、よう守りはったと思いますよ」

高梨が矢神の顔を覗き込み、にっこりと笑いかける。

「僕が任侠の世界について、『わかる』などと言ったら、失礼やと怒らはるかもしれませんが、僕なりに理解しとるつもりです。あなたは武内も組も、両方守りたかった。そのために自分が犠牲になろうとしはった。あなたとしてはそれ以外に道はなかったんやろうとはわかりますが、もしもほんまにあなたが逮捕されたとしても、問題は一つも解決せんかったんやないですか？」

「…………」

一言一言、思いを込めて話しかける高梨から、矢神は視線を逸らせたまま俯き続けていたが、噛み締めた彼の唇は微《かす》かに震えていた。

「あなたが逮捕された場合、加納組は覚醒剤取引を更に拡大したんちゃいますやろか。それにあなたという盾を失った武内に対してだって脅しをかけへんいう保証はなかったでしょう」

「……なら、どうしろって言うんだ」

話を聞いていられなくなったのか、矢神がぼそりと呟き、目を上げて高梨を睨む。

「……もう、答えは出とるんやないですか」

高梨は矢神の視線を受け止めた上でにっこり笑うと、どういうことだと言いたげに眉を顰めた矢神に向かいこう告げた。

「最終的にあなたは組やのうて武内を選んだ。だからこそ僕に、頭を下げたんでしょう？武内を頼むと。あのときにはもう、あなたは組を捨て、命を張って彼を守ろういう決意を固めとったんやないですか？」

「…………」

矢神は何かを言いかけたが、やがてがっくりと肩を落としてしまった。

「供述を始めたのは破門になったからやとさっきおっしゃいましたけど、あなたの中ではもっと早うに結論が出てたんちゃいますか」

高梨はそう言い、また手を伸ばして矢神の肩を叩くと、取り調べの続きをやろうと納を振り返った。

「あ、サメちゃん、かんにん」

慌てて高梨が詫びたのは、納が未だに両耳を塞いだままでいたためだった。塞いだところで声は聞こえていただろうが、それでも高梨が「もうええ」と言うまで律儀にその姿勢をとり続けてくれた納は、両手を外したあともまた律儀に、

「それで？　なんだって？」

と、すべてを聞かずにいた演技を続けていた。

「…………」

おおきに、と高梨が苦笑しつつ頭を下げる。

「それではもう一度、寺田さん殺害について、そして加納組の覚醒剤取引について、あなたがご存じのことをお話いただけますか」

視線を矢神へと戻した高梨は彼に笑いかけると、今までの話はまるで聞かなかったかのように取り調べを再開したのだった。

寺田殺害に関して、矢神は無関係であることがわかったため、そのまま帰宅してもよいということになった。

「しかし……」

本当にいいのか、と戸惑う矢神に高梨は「勿論」と頷き、外まで送りましょうと彼をエレベーターへと導いた。

高梨と矢神が二人してエレベーターを一階で降り、出口へと向かおうとしたのだが、そこには一人立ち尽くす武内の姿があった。

「……あ……」

矢神の口から驚きの声が漏れる。

「そしたら、僕はここで失礼しますわ」

高梨は矢神に笑いかけると、一人踵を返しエレベーターへと戻っていった。

「…………」

矢神はちら、と武内を見たが、そのまま彼を無視し署を出ようとした。

「矢神！」

そんな矢神の腕を武内が摑む。

「離せ」

矢神はすぐにその腕を振り払い、駆け足で署を出て行った。

「矢神、待ってくれ」

武内が彼のあとを追う。

「いい加減にしろ。検事がヤクザとつるんでていいのか？　誤解されたくなければもう俺にかかわるな」

そんな武内を振り返りもせず、彼が伸ばしてきた手を振り払った矢神が歩調を速めようとする、その腕を後ろから武内が強引に摑んだ。

「離せといってるだろう」

矢神がほぼ怒鳴りつけるような口調でそう言い、再び腕を振り解く。そのまま歩き出そうとした彼の背に武内が叫んだ。

「今の取り調べ、聞いてたんだ！」

「……っ」

その瞬間、矢神の足は止まったが、すぐに彼はまた歩き始めてしまった。

「矢神！」

武内が尚もその背を追う。

「矢神、話をしよう。僕たちは再会してから話らしい話をしてないじゃないか」

「話すことなどない」

追い縋り、声をかける武内には見向きもせず、矢神は歩き続ける。が、彼の額に汗がにじみ、頬がぴくぴくと痙攣《けいれん》している様は武内の目にも映っていた。

「僕は話がしたい」

「俺はしたくない。もう帰れ」

取り付く島のない口調で矢神がそう言ったとき、武内が胸ポケットに入れていた携帯電話が着信に震えた。誰からだ、と思いながら携帯を取り出した武内は、そこに上司の名を見出し、慌てて応対に出た。その間に矢神はちょうどやってきたタクシーの空車に手を挙げ、乗り込んでしまう。

「あ！」

思わず声を上げた武内の前から、矢神を乗せたタクシーが遠ざかっていく。

『どうした、武内君』

「申し訳ありません」

不審そうに問いかけてきた上司に言い訳をしつつも、武内はタクシーの向かった方向を見つめていた。

矢神の携帯番号も知っているし、自宅も知っている。コンタクトを取ろうと思えば取れないわけはない——そう思い、頷く武内の耳には最早上司の声は聞こえていなかった。

己の身を犠牲にしてまで自分を救おうとしてくれたという矢神の真意を武内は今や知りたくてたまらなくなっていた。犯され、脅迫されているものだとばかり思っていたが、それらはすべて自分を守るためだったとわかった以上、なぜそうまでして矢神が自分を守ろうとしてくれたのか、それを本人に確かめたかったのである。

彼がなぜ自分を犯したのか——今、そして八年前に彼が何を考えていたのか、彼の気持ちがどこにあるのか、それを矢神本人の口からなんとしてでも聞いてみたい。

なぜ、そのような欲求が胸に渦巻いているのか、未だその理由を武内自身、用意できていなかったものの、答えはすぐ手の届くところにあるという自覚は彼の中に芽生えつつあった。

「ただいまあ」

三日ぶりに高梨は自宅へと——田宮《たみや》のアパートへと戻り、ドアチャイムを鳴らした。

「おかえりっ」

すぐに開いたドアから飛び出してきた田宮の身体をしっかりと抱き締める。

「ただいま」

抱き合ったまま二人は中へと入ると、高梨が恒例の『ただいまのチュウ』をするため微かに身体を離そうとした。

「おかえり」

すぐに察した田宮が顔を上げ、キスを待つように目を閉じる。

「……かわええ……」

思わず漏らした言葉は高梨の本心だった。同時に彼の下半身が欲情に疼《うず》き、今この瞬間にも田宮を押し倒したくなるのを理性で必死に抑え込む。

「……馬鹿じゃないか？」

だが、『可愛い』という言葉に照れた田宮が、むっとした様子で口を尖《とが》らせ、上目遣いで睨んできた、そんな殺人的に可愛らしい顔を見せられてはもう我慢も限界と、高梨はいきなり華奢な彼の身体を抱き上げ、田宮に悲鳴を上げさせた。

「ちょ……っ！　なんだよ、良平《りょうへい》！」

高さが恐怖を呼んだのか、己に縋り付いてきた田宮の身体を抱き直すと、部屋を突っ切りベッドに直行する。

「うわっ」

どさりと田宮をシーツの上へと下ろし、彼が起き上がる隙を与えずのし掛かっていく。

「良平、メシは？」

慌てた様子で田宮が高梨の胸を押しやり、尋ねてくるのに、

「今はごろちゃんが食べたいわ」

お約束、とばかりに高梨は答えると、やはりお約束の「馬鹿じゃないか」を告げかけた田宮の唇を熱いキスで塞いだ。

「……ん……っ」

合わせた田宮の唇から、甘い吐息が漏れる。もう彼は抵抗をみせず、高梨が性急な手つきで服を剝ぎ取っていくのに身を任せ、ときに腰を浮かせて高梨の行為を助けた。

「…………」

あっという間に全裸にした田宮の雄は既に勃ちかかっており、気づかれまいとしたらしい彼が両手でそれを隠そうとする。そんな仕草も本当に可愛い、とますます欲情を滾らせていた高梨は、身体を起こして素早く服を脱ぎ捨てた。

「……あ……」

勃起《ぼっき》した雄を敢えて晒してみせた高梨の意図に気づいたのか、田宮が小さく声を上げ、まじまじとその部分を見る。

田宮の視線を浴び、高梨の雄はどくんと脈打ち、更に硬度と大きさが増した。さすがに照れくさい、と高梨は苦笑すると、

「ごろちゃんも見せてや」

と言いながら、田宮の両手首を摑み、彼の雄から引き剝がそうとする。

「やだよ」

「ええやん」

「別に見なくていいだろ」

「ええことない。見たいんや」

田宮が抗《あらが》ってみせるのは、羞恥《しゅうち》とそして、高梨に自身の雄と見比べられたくないという、同性ゆえの劣等感――というほど強い気持ちではないだろうが――の表れであると高梨は判断した。

ようは本気でいやがっているわけではないという裏付けがほしかっただけの判断を下した高梨は強引に田宮に手を外させると、彼の下肢に顔を埋め、勃ちかけたそれを口に含んだ。

「やぁっ……」

途端に田宮の背が大きく仰《の》け反《ぞ》り、彼の口からあられもない声が放たれる。会えなかった期間はわずか数日であったにもかかわらず、気持ちの上でも、そして身体の上でも長すぎると感じていたのは自分も田宮も一緒だったか――そのことに何にも代え難い喜びを感じる高梨の『やる気』は俄然増し、今まで以上に激しく舌を、手を動かし始めた。

「あっ……はぁっ……あっ……」

むしゃぶりつくように雄を舐《ねぶ》る高梨の口淫《こういん》に、田宮は一気に快楽の階段を駆け上っていったのか、唇から漏れる声は高く、シーツの上で身悶《みもだ》える動きは激しくなる。そんな彼の動作はうっすらと汗ばみ始めたその美しい肌の感触と相俟《あいま》って高梨の興奮をも煽り立て、すぐにも滾る欲情をぶつけたいという衝動が高梨の胸に芽生えた。

「あぁっ……やっ……もうっ……あっ……」

『もう』という言葉を、閨《ねや》で田宮はよく口にする。『もう我慢できない』『もう辛い』と、二種類の『もう』があるのだが、今回は前者であるようだった。おそらく無意識の所作なのだろう、高梨の髪を摑み顔を上げさせようとする。それで高梨は田宮の『もう』の意味を察し、わかった、と頷くと身体を起こし田宮の両脚を抱え上げた。

「や……っ」

勃起した雄が己の腹にあたったことで、一瞬我に返ったらしい田宮が、羞恥に染まる頰をシーツに伏せようとする。本当に何から何まで可愛い、と高梨は更に欲情を煽られながらも、すぐに挿入は無理だろうと右手を田宮の脚から離し指を己の口へと持っていった。

「あっ」

唾液《だえき》でしめらせたその指を、露わにした田宮の後孔《こうこう》に挿入する。途端に田宮のそこがざわつき高梨の指を締め上げたのに、田宮はますます恥ずかしそうな顔になりぎゅっと目を閉じてしまった。

「……ええやないか……」

己の身体の反応を、浅ましいと恥じているのだろう、と察した高梨が苦笑し、手早くそこを解し始める。指が中をかき回すたびに田宮の内壁がひくひくと卑猥《ひわい》に蠢《うごめ》き、尚も奥へと誘おうとする。

「……も……う……っ……」

高梨が二本目の指を挿入したとき、田宮の腰が捩《よじ》れ、彼の口から二度目の『もう』が発せられた。見れば田宮の雄の先端から零れた透明な液が彼の腹に垂れ、天井の灯りを受けて煌《きら》めいている。最早我慢も限界なのだろうと一人頷く高梨もまた限界を迎えつつあった。

二人の思いは一つ、と心の中で呟き、高梨は田宮の後ろから指を引き抜くと、

「あっ……」

と可愛く喘いだ彼の両脚を抱え直し、ひくつくそこへと己の猛《たけ》る雄を一気にねじ込んでいった。

「あぁっ」

田宮が一段と高く啼《な》き、大きく背を仰け反らせる。享受する快感を余すところなく見せつける彼の肢体を目の前に、僅《わず》かに繋がっていた高梨の理性の糸がぷつりと切れた。

「……っ」

我慢できへん、とばかりに田宮の両脚を、ほとんど背中がシーツについていないくらいの高さで抱え直すと、迸《ほとばし》る欲情のままに勢いよく腰を打ち付け始める。

「あぁっ……あっ……あっあっあああっ」

二人の下肢がぶつかり合うときに、パンパンという高い音が響き渡るほどの力強い突き上げに、田宮の嬌声《きょうせい》は更に高く、耐えきれぬように首を振る所作も激しさを増していった。

「やぁっ……もうっ……あっ……あっ……もうっ……」

田宮の口からまたも『もう』という言葉が発せられる。今回の『もう』は延々と続く己の突き上げに対し『もう限界である』と伝える『もう』だと察した高梨は、了解、とばかりに微笑むと、田宮の片脚を離し雄を勢いよく扱《しご》き上げてやった。

「あーっ」

田宮が悲鳴のような声を上げて達し、高梨の手の中に白濁した液をこれでもかというほどに放つ。

「……くっ……」

射精を受け田宮の後ろが激しく収縮し高梨の雄を締め上げる。その刺激に高梨もまた達したのだが、達して尚彼の雄は硬度を保ったままでいた。

「……もう一回、ええ？」

己の身体の下で、はあはあと息を乱している田宮に高梨がおずおずと問いかける。辛いようならもう少し時間をおくが、と言葉を足そうとした高梨に向かい、田宮はにっこり笑って頷くと、抱えられていた両脚を高梨の腰へと絡め、ぐっと抱き締めて寄越した。

「……ごろちゃん……」

まるで息が整っていない状態だというのに、大丈夫、と健気《けなげ》に頷いてみせる田宮の愛らしさを前に、高梨の胸が詰まる。

愛しいという想いをこうも感じさせてくれる田宮に対し、その想いを伝える手段を思いつかないもどかしさを覚えつつも、せめて胸の中で激しく滾るこの恋情を伝えたいとばかりに背に腕を回し田宮の両脚を解かせるとそれを再び抱え上げ、力強く彼を突き上げていったのだった。


「大丈夫か？」

結局そのあと二度、互いに達したあと、最後は意識を失ってしまった田宮の額に濡れタオルを乗せてやりながら、高梨が彼に問いかける。

「ん……」

冷たいタオルの感触に意識を取り戻した田宮は薄く目を開き、にこ、と笑って頷くと、何を思ったのか身体を起こそうとした。

「寝てたほうがええで？」

どないしたん、と高梨が慌てて彼の肩を摑み再びシーツの上に押し戻そうとする。

「でも、良平、腹、減っただろう？」

なんと田宮は自身が行為に疲れ果てているのにもかかわらず、高梨のために食事の支度をしようとしていたのだった。

「ええて」

「よくないよ。三日ぶりに帰ってきたのに……」

尚も起き上がろうとする田宮を、高梨がまた肩を押してシーツへと戻す。

「腹、減ってへんし」

「嘘だ」

「嘘やないよ。ごろちゃんでお腹いっぱいになったで」

「オヤジ」

「そやし、オヤジやもん」

ぽんぽんと言い合いながらも、田宮は起き上がろうとし、高梨はそれを阻止しようとする。

思いやってくれる気持ちはありがたいが、自身のことも少しは思いやってほしいと高梨は強引に田宮をベッドに押し戻すと、自分も隣に寝転がり彼を抱き締めた。

「今日は寝よ」

「でも……」

「ええから、寝よ」

高梨がきつく抱き締めるその腕から田宮は最初逃れようとしたが、既に気力もなかったのかすぐに諦めると、高梨の胸の中で目を閉じた。

「子守歌、歌おか？」

「いらないよ」

髪をすいてやりながら囁《ささや》く高梨に、苦笑してみせた田宮が、ぽつりと言葉を漏らす。

「……事件、解決したんだ？」

「……まあな」

高梨の返事が煮え切らないものだったからか、ほとんど眠りの世界に入りそうになっていたらしい田宮が驚いたように目を見開き、高梨を見上げてきた。

「……ああ、かんにん……」

言うつもりはなかった、と高梨は反省したものの、言いかけたものを誤魔化すのも感じが悪いかと思い直し、状況を話し始めた。

「……一応解決はしたんやけど、今の段階ではラスボスには手が届かへんやった、いう感じかな」

加納組組長、錦戸をはじめ組員たちを現行犯逮捕したものの、錦戸は武内への拉致容疑を笑って否定した。

『ことばのアヤよ』

覚醒剤を打つというのも単なる冗談であり、最初から武内を拉致するつもりなどなかった、と言い張るだけのことはあり、直後に組織犯罪対策部が加納組事務所のガサ入れをしたのだが、覚醒剤取引の証拠は一切出てこなかったのである。

そしてほぼ同時に、ホストの寺田殺害の『実行犯』が自首をしてきた。警察の捜査状況が漏れているのではないかと思われるほどのタイミングの良さで自首してきたのは、錦戸組長のボディガードの一人で、皆が逮捕された際、矢神のマンションには居合わせていなかった男だった。

坂野《さかの》というそのボディガードは犯行の動機を「ホストクラブ『ユア・ラヴァーズ』の店長に頼まれたため」と供述し、店長もまたそれを認めた。

店長は加納組の下位団体から仕入れた覚醒剤を店内で売り捌《さば》いていたのだが、それを寺田に脅され彼の殺害を決意したと供述、下位団体もまた覚醒剤を販売していたことを認めたものの、加納組とのかかわりは否定した。

錦戸組長のボディガードが手を下した経緯は、下位団体の組長と坂野が旧知の仲であったためで、やはり加納組とのかかわりはない、と坂野も、そして組長も証言した。

その後、姿を消していた不動産屋も出頭、自分の行動は坂野に頼まれたものだと証言し謝罪してきた。

すべての関係者の証言も一致、証拠も揃っているということでは、これ以上突っ込んだ捜査をするのは難しいのではないか、というのが警視庁の導き出した結論で、首謀者と思しき加納組には捜査の手は及ばず、という状態で捜査本部は解散となる見通しが濃厚になっていた。

「……そうか……」

奥ゆかしい田宮は、高梨の仕事について自分からあれこれと詮索《せんさく》することはしない。民間人の自分には明かせないことがあるという理解を常に示してみせる彼は、今回も高梨が言葉を濁したことからそれ以上聞いてはいけないと判断したらしく、にこ、と微笑みあたかも話を打ち切るかのように目を閉じると高梨の胸に顔を埋めてきた。

「……良平ならきっとラスボスに到達するよ」

それでいて高梨のやる気を鼓舞するような言葉をかけてくれる田宮の背を、高梨は愛しさを胸に抱き締める。

「……せやね」

そんな田宮の優しさに応えるためにも、必ず加納組の——錦戸組長の悪事を白日のもとに晒してやるという決意も新たに、高梨は田宮の背をしっかりと抱き締め直すと、同じく力強く己の背を抱き締め返してくれる田宮の髪に顔を埋めたのだった。

高梨らの尽力空《むな》しく、拘束期限ぎりぎりまで粘ったものの証拠不十分で錦戸組長は釈放となり、加納組の覚醒剤取引も検挙することができずに終わった。

「ほんま、申し訳なかった」

担当検事の武内に高梨は、己の不甲斐《ふがい》なさを詫びたのだが武内は、

「先輩一人の責任ではありません」

と彼の謝罪を退けたあとに厳しい顔でこう続けた。

「加納組はこれからもマークしていきます」

捜査上の情報漏洩も気になるところですし、と言う彼に、

「ほんまやね」

と高梨もまた頷き返す。

捜査情報が漏れていたからこそ、加納組は覚醒剤取引に関するあらゆる証拠を隠滅できたのであろうと推察できるが、警察組織内の誰がそれを漏らしたのかということまでは解明できていない。

今回の加納組にかかわらず、捜査情報の漏洩に関しては、高梨も以前より気にしていたのだが、多忙にかまけ追求できずにいた。この機会に漏洩のルートを突き止めてやる、と拳を

握り締めた彼の心を読んだかのように、武内もまた真摯な眼差しで高梨を見返し、大きく頷いてみせた。

「ところで、矢神さんは大丈夫なんやろか？」

そんな武内に向かい高梨がそう問いかけたのは、釈放された錦戸が報復に向かうのではと案じたためだった。

「……どうでしょう……」

武内は一瞬、はっとした顔になったが、すぐに表情を引き締めると、敢えて作っているとしか思えない平然とした口調で言葉を続けた。

「あれ以降、矢神と連絡が取れないのです。マンションも引き払ったようで、今どこにいるのかもわかりません」

「……そうか……」

淡々と話してはいたが、武内の横顔になんともいえない寂寥感《せきりょうかん》が表れているのを、見逃す高梨ではなかった。

矢神が姿を消した理由は、錦戸の報復を恐れたためかもしれないが、二度と武内に対し迷惑をかけたくないという想いが強かったのではないか——武内を守り抜こうとした矢神の姿勢と、彼が武内を脅迫する手立てとして強姦を選んだという事実から、高梨は一つの仮説を組み立てていた。

矢神は武内のことが好きだったのではないか。八年前に彼が武内を犯したのも、胸に滾る彼への恋情を打ち明ける術《すべ》を知らず、先に行為が暴走してしまったためではないのか。

そのことを後悔していたにもかかわらず再会した途端に武内をまた犯したのは、矢神の胸の中で武内への想いが変わらず続いていたからではないか、と。

直接本人に聞く以外、己の憶測《おくそく》が正しいか否かを確かめることはできないだろうが、おそらく外してはいまい、と高梨は確信していた。

武内が矢神の想いを理解しているかどうかは判断がつかなかったが、姿を消したことに寂しさを覚えているところを見ると、意識下では矢神の想いを受け止めているのかもしれない――そう考えていた高梨は、続く武内との会話で、己の推察が正しいことを確信した。

「……本当に先輩にはいろいろとご心配をおかけし、申し訳ありませんでした」

改めて深々と頭を下げてきた武内は、「ええて」と笑った高梨に対し、

「今度は僕が先輩と田宮さんを食事に招待します。前回は失礼な態度を取ってしまったので」

と誘いをかけてきた。

「ああ、せや。食事会が途中やったもんな。でも別に失礼やなんてごろちゃんは言うてへんかったけど？」

実際高梨自身、あのときの武内のいかにも作った態度には気づいていたものの、それを指

摘するのも大人げないかと流そうとしたのだが、武内は「いえ」と苦笑し、高梨を驚かせる言葉を告げたのだった。

「……僕は田宮さんに嫉妬してたんじゃないかと思います。だからあんな失礼な態度を取ってしまったのではないかと」

「……武内……」

思いもかけない武内の告白に、高梨が一瞬言葉を失う。と、武内は照れたような顔になり、

「そのことを直接田宮さんに詫びたいんです」

そう言うと、返答に困っていた高梨に向かい、にっこりと笑いかけてきた。どこか吹っ切れたようなその笑みに、過去を断ち切り改めて己の心と向かい合おうとしている彼の心情を見出した高梨は、信頼すべき後輩が踏み出した新たな一歩を内心喜びつつもそれを敢えて口には出さず、

「ごろちゃんは何も気にしてへんと思うで」

と笑いかけると、三人での会食の日程を調整すべくポケットから手帳を取り出し、同じく手帳を取り出した武内と共に予定を確認し合ったのだった。

エピローグ

「……っ」

夢から目覚めたとき、いつものようにびっしょりと寝汗をかいていた。

「………………」

また同じ夢を見た——はあ、と大きく息を吐き出す俺の脳裏に、八年前のあの夜の情景が浮かんでくる。

犯すつもりなどなかった。

確かに俺は、彼を——潤を恋愛対象として見続けてきたが、想いを告げれば退《ひ》かれるだろうとわかっていただけに、決して気づかれぬよう気をつけていた。

不良というレッテルを貼られていた俺が、そんな気遣いをしているのはお笑いぐさだったが、何を失おうとも唯一、潤だけは失いたくないと、当時の俺はそう考えていた。

潤は——彼のおふくろさんもだが、俺がどれだけ近所で評判が悪いか知っていただろうに、子供の頃とまるで変わらぬ態度で接してくれていた。二人の信頼だけは裏切るまいと思っていたのに、あの夜俺は潤を——誰より大切に思っていた彼を、力ずくで犯してしまったのだった。

あれは母親が完全に俺の前からいなくなったことを知らされた夜だった。あの頃俺自身、滅多に家には近づかなくなっていたのだが、久々に帰宅するといつ残されたものか母の書き置きが机に乗っていて、俺の父親だという男を助けに行くのだと書かれていた。

幼い頃、父親は死んだと教えられてきたが、やがて父は死んでなどおらず刑務所に入っていたということがわかった。父はヤクザで、どうも誰かの身代わり自首をし、実刑判決を受けていたようだった。

刑期を終えたあと、俺は父と何度か会った。仲介したのは母で、彼女は何も語らなかったが、何より顔が似ているために、この男が父なのかと俺は察した。

気の弱そうな男だった。『おつとめ』を終えたので今、組ではなかなかいいポジションにいるのだと、当時小学生の俺に自慢してみせるような、『小さい』としかいいようのない男だった。

俺が高校に上がった頃、父は覚醒剤中毒となり、頻繁に母の許を訪れては金をせびって帰っていった。母は父に頼むから薬はやめてくれ、と懇願したが、父は聞く耳を持たなかった。

その父が行方不明となったのは、所属する組が管理していた覚醒剤を持ち出したためらしかった。どうも父は最初売人をやらされていたのが、自分も投与するようになったようだ。

組は父から覚醒剤を取り返そうと足取りを追った。いよいよ追い詰められた父は母に救いを求め、それで母と共に姿を消した、というわけだった。

馬鹿か、と思った。覚醒剤中毒の男など放っておけばよいのに、その男を追いかけ、母は家を、そして俺を捨てたのかと思うと、情けなくて仕方がなかった。

母の書き置きを破り捨て、やりきれない思いのままに外に出た。そこに通りかかったのが武内と彼の先輩だという、高梨という名の驚くほどに整った顔立ちの男だったのだ。

武内からよく、尊敬する先輩がいる、という話は聞いていたが、それがこの男か、と察したとき、俺の中で何かが弾《はじ》けたのがわかった。

非の打ち所のない経歴の持ち主である『先輩』の職業は確か刑事だった。しかもキャリアだという。それもまた面白くないと思っていたのに、先輩と別れたあとも武内は彼を褒めそやし、どうしてあんな失礼な態度を取ったのだと俺を責め立てた。

俺は多分――自棄《やけ》になっていたのだと思う。

母がいとも簡単に俺を切り捨てたように、武内もまた俺を簡単に切り捨てるだろう。既に彼は俺よりもあの先輩にプライオリティをおいている。幼い頃からずっと共にいた俺より、大学に入ってから知り合った彼を大切にする武内が、俺を捨てないわけがない。

どうせ捨てられるのなら、その前に俺が捨ててやろう。捨てる前に一度くらい、想いを遂げてもいいじゃないか。

今となっては自分勝手なその思考に反吐《へど》が出るが、あの夜の俺にとってその考えは、正論以外の何ものでもなかった。

そして——。

その代償がこれだ、と俺は額に浮かぶ脂汗を手の甲で拭うと再び寝転がろうとしたのだが、目が冴《さ》え眠れそうになかったために、汗を流すべくシャワーを浴びに向かった。

迸る湯の中に、今夜も俺はあの夜の——八年前に犯した潤の裸体を見る。

苦痛に悲鳴を上げていた彼。本当はもっと優しく抱きたかった。だが乱暴に抱くことしかできなかった若き日の自分に自己嫌悪を抱く俺の口から、大きな溜め息が漏れる。

彼は——潤はもう、あの夜のことを忘れただろうか。

あの日以降、俺は彼の前に姿を見せるのをやめた。顔を合わせる勇気がなかったためもあるが、父の所属していた組のヤクザたちに拉致されたためでもあった。

奇跡的にも父と母は上手く逃げおおせたらしい。それで彼らは息子の俺に二人の居場所を吐かせようとして拉致したのだった。

殺されそうになったところをなんとか逃げ出した俺を助けてくれたのが、加納組の組長だった。

『息子に母親を売れってほうが無理でしょう』

組長は俺を追いかけてきた組と話をつけてくれただけでなく、俺が本当に母から何も知らされていないと知ると、薄情な母親を持ったものだと不憫《ふびん》がり、自分が面倒を見ると申し出てくれた。

それまで俺はチンピラめいた格好をしていたが、組に所属していたわけではなかった。極道の世界に身を投じることを心のどこかで躊躇していたのだが、命まで救ってくれた組長の親子盃を受けないわけにはいかず、俺は加納組の人間となった。

盃を受け、極道の世界にどっぷりと浸かる決意を固める際、俺の脳裏に浮かんだのは潤の顔だった。

きっと彼は真っ当な道を進む。そんな彼と道を踏み外そうとしている俺とはもう二度とかかわり合うこともないだろう。

それ以前に彼を犯しているため、顔を合わせることなどできないのだが、それでも自ら彼と住む世界を隔ててしまったことを、あとから随分と悔いたものだった。

『どうして……』

犯されながら彼は何度も俺に問うてきた。

『お前が好きだから』

答えはその一言なのに、どうしても告げることができなかったあの夜の光景が、迸るシャワーの向こうに見える。

「馬鹿馬鹿しい」

胸に痛みすら覚えている己に気づき、俺は乱暴にそう言い捨てると、頭から湯をかぶりあらゆる残像を洗い流そうとした。

蛇口を捻《ひね》って湯を止め、浴室の外に出る。今、考えるべきは、後悔したところで戻れるわけもない八年前の出来事より、扱いが拡大している覚醒剤取引のことじゃないか、と思考を切り替えようとする。

先代が極道の恥だからと決して手を出さなかった覚醒剤を、跡目を継いだ錦戸は金になるとおおっぴらに扱い始めた。それをいかにしてやめさせるかを考えねば、と一人頷いた俺の脳裏にまた彼の――潤の泣き顔がふと浮かぶ。

もしも今、彼と偶然再会してしまったら、あとを追わずにはいられないに違いない。未だに夢に見続けるのは、八年前の気持ちがずっと続いているためだ。万が一にも顔を合わせたら、その想いを抑えることはできないのではないか――。

「……馬鹿馬鹿しい……」

またも幻の彼の顔を思い浮かべながら、あり得ない妄想を抱いてしまっていた己にふと気づき、俺は自嘲する。

彼とはもう、住む世界が違うのだ。顔を合わせることなど、こちらが画策しないかぎりあろうはずがない。

なのに何を馬鹿げたことを考えているんだか、と自分に呆れつつ勢いよくタオルで髪を拭おうとして閉じた俺の瞼《まぶた》の裏には、未だに忘れることができない潤の――八年間、想い続けた彼の顔が浮かんでいた。

あとがき

はじめまして＆こんにちは。愁堂れなです。このたびは十五冊目のルチル文庫、罪シリーズ第十一弾となりました『罪な沈黙』をお手に取ってくださり、本当にどうもありがとうございました。

今回はオール書き下ろしの新作です。以前ごろちゃんをまるで小姑のように苛めた良平の大学時代の後輩、武内検事が再登場しています。『罪な後悔』では、皆様からの風当たりが強かった彼ですが、実はこういう過去があったのでした。

いつもながらのラブラブ（バ）カップルぶりを見せる良平＆ごろちゃんや、相変わらずお邪魔虫、でも健気なトミーともども、今回のお話も皆様に少しでも気に入っていただけましたらこれほど嬉しいことはありません。

陸裕千景子先生、今回も本当に素敵なイラストをどうもありがとうございました!!　陸裕先生の描いてくださる幸せな二人を拝見するたびに私も本当に幸せな気持ちになります！　次作でもどうぞよろしくお願い申し上げます。

また、担当のO様（いつも本当にありがとうございます！）をはじめ、本書発行に携わってくださいましたすべての皆様に、この場をお借りいたしまして心より御礼申し上げます。

最後に何より、この本をお手に取ってくださいました皆様に御礼申し上げます。

今回の罪シリーズ、いつもごろちゃんがモテモテですので、たまには良平もモテモテに……と思ったのですが、いかがでしたでしょうか。皆様が少しでも楽しんでくださっているといいなとお祈りしています。

お読みになられたご感想をお聞かせいただけると嬉しいです。心よりお待ちしています！

次回の罪シリーズはスピンオフとして、今回ああいう状態で終わっている武内と矢神のお話を書かせていただきたいなと考えています。良平やごろちゃんも勿論登場いたしますので、よろしかったらこちらもどうぞお手に取ってみてくださいね。

次のルチル文庫様でのお仕事は、来年『unisonシリーズ』の第六弾を発行していただける予定です。前回『rhapsody 狂詩曲』のあとがきで、続きは今年の秋発行と書いてしまったのですが、あれは間違いでして、私の執筆時期が今年の秋なのを勘違いしてしまったのでした。正しい発行日はもともと来年です。混乱させてしまい、本当に申し訳ありませんでした。

こちらもオール書き下ろしとなりますので、よろしかったらどうぞお手に取ってみてくださいね。

そのあとには『暁のスナイパー』の続編を発行していただける予定ですので、どうぞお楽しみに。

また皆様にお目にかかれますことを切にお祈りしています。

平成二十一年十一月吉日

愁堂れな

（公式サイト「シャインズ」http://www.r-shuhdoh.com/）

＊ルチル文庫様四周年記念フェア小冊子に、良平&ごろちゃんと、unisonシリーズの桐生&長瀬のコラボショートを書かせていただきました。

こちらも皆様に少しでもお楽しみいただけるといいなとお祈りしています。

＊この「あとがき」のあとに、以前同人誌に掲載したショート『幸せってなんだっけ』を収録していただきました。ほのぼのあつあつの二人をお楽しみいただけると幸いです。

幸せってなんだっけ

「やっ……あっ……」

良平の突き上げが一段と激しくなる。汗で滑るのか何度も俺の両脚を抱え直し、パンパンと音を立てるほどに力強い律動を続ける彼に一層奥深いところを抉られ、俺は今にも達しそうになっていた。

「あっ……もうっ……あっ……あっ……」

自分の声とは思えない、甘えた嬌声がやかましいくらいに響いている。女じゃないんだし、声を上げるのは恥ずかしいと思う気持ちを手放したわけではないのだが、ふと我に返るとこんな風に、隣近所に響き渡るような大きな声を上げてる自分に気づくことがあった。

「あぁっ……もうっ……もうっ……あっ」

声だけじゃない、俺の身体も恥ずかしげもなく、貪欲に彼を求める行動に出ることがある。最初のうちは慣れない男同士の行為に、良平にされるがままになっていた俺も、今では良平の腰の動き合わせて自ら腰を揺らし、両脚でぐっと彼の背を抱き寄せ更なる突き上げを誘ってしまうこともあった。

しようと思ってしているならまだしも、無意識のうちにそんな行動に出てしまい、気づいて羞恥に頬を染める俺は、もしかしたら酷く淫らな男なのかもしれない。

「あぁっ……りょう……っ……りょうへいっ……」

昂まりが増すと思考が途切れ、頭の中が真っ白になる。俺の馬鹿げた自己分析も、絶頂すれすれの状態が延々と続くうちに、朦朧《もうろう》としてきた意識の中に飲み込まれ、何も考えられなくなった。

「あっ……いくっ……もうっ……」

いく、といいつつ、なかなか達せない苦しさに、いつしか俺は激しく首を横に振っていたらしい。

「……いかれへんの？」

乱れる息の下、笑いを含んだ声が響いたと同時に、片脚が離され、良平の手が二人の腹の間で勃ちきっていた俺を握ると激しく扱き上げてきた。

「あぁっ……」

待ちわびていた直接的な刺激に俺は簡単に達し、彼の手の中に白濁した液を飛ばしていた。

「……っ……」

自分の後ろが壊れてしまったかのようにひくひくと蠢き、中の良平を締め上げる。その刺激に彼も達したようで、低く声を漏らすと伸び上がるような姿勢になり、そのまま暫く動かなかった。

「……良平……」

達したあとには必ず彼の唇が欲しくなる。良平にもそれはわかっていて、両手を伸ばした俺ににこ、と小さく微笑んでみせると身体を落とし、ついばむようなキスを与え始めた。

「ん……っ……んんっ……」

細かいキスは、はあはあと息を乱している俺の呼吸を妨げまいという良平の気遣いだった。わかっちゃいるけどついもどかしくなり、ぐっと彼の首を抱き寄せると、

「大丈夫？」

いつものように良平は俺に尋ねたあと、頷いた俺にかみつくような激しいキスをし始めた。

「んん……っ」

まだ彼を納めたままのそこが、行為の余韻とキスの興奮で、ひくひくと蠢き始める。それに刺激されたのか、俺の中で良平の雄が次第に硬度を増してゆくのに、俺の身体にも再び欲情の焔《ほむら》が立ち上ってゆく。

「あっ……」

ゆるり、と腰を動かした良平が、俺の舌を強く吸い上げたあと、唇を離し、喘いだ俺に囁いてきた。

「もう一回、ええやろ？」

「……ん……っ」

俺が頷くのを待たずしていきなり始まった良平の力強い律動に、欲情の焔はあっという間に俺の身体を焼き尽くし、いつしか俺はまたも高く喘ぎ始めてしまっていた。

「あぁっ……あっ……あっあっあっ」

頭の上で聞こえる良平の抑えた低い声。ベッドサイドの灯りに輝く彼の胸を濡らす汗。聴覚も視覚も、そして決して不快ではない良平の体臭を感じる嗅覚も、五感のすべてで俺は彼を求め、激しく腰を打ち付けてくる彼の背を両手両脚で抱き締める。

「あぁっ……」

近づきつつある絶頂に、次第に意識が朦朧としてくる。それでも俺は良平においていかれまいと必死に彼の背にしがみつく手脚に力を込めていった。

「大丈夫か」

軽く頬を叩かれ、目を開いた先に心配そうに俺を見下ろす良平の顔があった。

「……あれ」

どうやら行為の最中、俺は昂《たか》まるあまりに意識を失っていたらしい。のろのろと起き上がろうとする背をすかさず支えてくれた良平は再び、

「大丈夫か？」

俺に額をつけるようにして囁き、顔を覗き込んできた。

「……うん……」

「かんにん。無理させてもうて」

良平が心底申し訳なさそうな顔をし、俺の前で頭を下げる。

「三日もごろちゃんの顔、見られへんかったから、ついつい暴走してもうたわ」

「それは俺も一緒」

大丈夫だ、と首を横に振った俺は、尚も心配そうにしている彼に、水が飲みたいと告げた。

「はい」

既に枕元に用意してくれていたエビアンのボトルを、キャップを外して手渡してくれる良平に「サンキュ」と礼をいい、一気に呷る。

「…………」

冷たい水が、喘ぎすぎて嗄れてしまった喉に心地よい。はあ、と大きく溜め息をついた俺に良平はまた、

「大丈夫か？」

何度目だろうという俺を案じる問いを繰り返してきて、かえって俺を恐縮させた。

「大丈夫だって」

「そやし、明日も会社やろ？」

なのに無理させてもうて、と申し訳なさそうな顔になる良平を安心させようと、俺は首を横に振った。

「明日、休みなんだ」

「え？　金曜日やろ？」

良平が不思議そうに目を見開く。別に今晩『こう』なることを予測したわけではないのだが、ちょうど切羽詰った仕事が片付いたこともあり、俺は明日有休をとることにしていた。

俺の社では決まった夏休みがなく、原則七月から九月の間に各自が申請してとることになっている。今年は仕事が忙しかったこともあり、またこれという予定もなかったので、十月も終わる今になっても俺はまとまった休みを申請していなかったのだが、それを今日課長に指摘されてしまったのである。

「休むときは休め、そうじゃないと自分がこき使ってるみたいだからと言われてさ。実際こきつかってるくせに、体面ばっかり気にするんだよね」

愚痴っぽくなってしまったことを反省しつつ、休みをとった理由を説明した俺に、

「そうか……」

良平はなんともいえない顔で相槌を打つと、「寝よか」と俺の隣に身体を滑り込ませてきた。彼の胸に抱かれ、俺もベッドに横たわる。

「……夏休みな」

ぼそ、と呟く良平の声が頭の上で響いたのに顔を上げると、

「かんにんな」

本当に申し訳なさそうな顔で彼はそう言い、俺の背を抱き寄せた。

「何が？」

謝られることなど何一つないのに、一体どうしたんだろうと目を見開いた俺は、続く良平の言葉に、あまりに考えなしの自分の発言を後悔することとなった。

「今年の夏も、僕が休めんさかい、旅行ひとつできんかったもんな」

「あ、いや、そうじゃなくて」

不規則な自分の休みを――その上、せっかくの休みでも事件が起これば現場に急行しなければならないことを、常に申し訳なく思っている良平には、俺の『特に予定もないので夏休みをとらなかった』という言葉が『予定を立てられなかったので』と彼を責めているように聞こえたのかもしれない。

「違うんだ。今年の夏は展示会がらみで仕事が忙しかったから休まなかっただけなんだよ。休めばその分だけ普段の日の負担も増えるだろ？　別に良平が謝るようなことじゃほんとにないから……」

慌てて言い訳をしても、良平の申し訳なさそうな顔は変わらなかった。

「ほんま、かんにん」

どうやら俺が気を遣っていると思っている彼に、

「本当だって」

きっぱり言い切ると俺は、両手で良平の頬を挟んだ。

「……ごろちゃん」

「そりゃ俺だって、良平と旅行したり遊びに行ったら楽しいだろうとは思うけどさ」

確かに——彼と付き合い始めてからした『旅行』といえば、里帰り以外は一泊二日の温泉と軽井沢に行った、二回くらいだった。

数日のんびり二人で過ごすことができたら、どれだけ楽しいだろうかと思わないといえば嘘になるけれど、良平の仕事柄それができないということは、俺も充分理解していた。

「でもそれができないことを不満に思ったことは一度もない。これは本当だよ」

言いながらゆっくりと顔を近づけていった俺を良平が真っ直ぐに見下ろしてくる。

「……ごろちゃん……」

「……良平が傍にいてくれる、それだけで俺は本当に幸せなんだからさ」

多少——どころではなく、照れくさくはあったけれど、良平の笑顔が見たくて俺はそう言い、な、と彼に笑いかけた。

「……幸せなんは僕のほうやわ」

良平がなぜだか少し困ったような顔をして笑うと、俺の背をぎゅっと抱き寄せてくる。

「……まさかもう1ラウンドとか？」

下肢に押し当てられた良平の雄が既に形を成している。さすがに体力の限界なんだけれど

もと思いつつ問いかけた俺に、

「明日、ごろちゃんが休みてわかったからな」

良平はにや、と笑うと、「ちょっとタイム」と慌てて腰を引きかけた俺の両脚を摑み、その場で大きく開かせた。

「良平は休みじゃないだろっ」

「まだまだ体力余っとりますさかい」

「あのねえっ」

年は彼のほうがひとつ上だというのに、この体力の差はなんなんだと、ほとんど悲鳴のような声を上げた俺の脚を抱え上げ、良平がゆっくりと覆いかぶさってくる。

「いい加減に……っ」

しろ、と怒鳴りつけようとした俺の声に、にっこりと目を細めて微笑む良平の声が重なった。

「ほんま、愛してるよ」

「…………」

どき、と胸の鼓動が高鳴ると同時に、絶対無理だと思っていたはずの俺の後ろがひく、と待ちわびているかのように蠢いている。

「俺も……愛してる」

どうせ明日は休みだと、俺も良平の首にしっかりと腕を回して抱き寄せると、開いた両脚で彼の背をぎゅっと抱き寄せてやった。

結局そのあとも、『体力余っとります』良平にさんざん攻め立てられた俺は、最後は意識を失い彼の胸の中に倒れ込んでしまったようだ。

「かんにんな」

申し訳なさそうに詫びる良平が、何を謝っていたのか——今夜無茶をさせたことか、それとも長い休みが取れないことか——どっちも、ということもあるかなと思いつつ、朦朧とした意識の中、俺は首を横に振り気にしていないという意思表示をしてみせた。

良平の温かな胸の中で眠りにつけることがどれだけ俺にとって幸せなことか——再びそれを言葉にして伝えたかったけれど、眠くて口を開くことができない。

せめて想いが伝わるようにと、ぎゅっと彼の背を抱き締めた俺の耳元で、

「……ほんま、僕は幸せや」

きっちりその想いを受け止めてくれた良平はそう囁くと、微笑んだ俺の頬に、額に、数え切れないくらいのキスを落とし、ますます俺を幸せな気分に導いてくれたのだった。

✦初出　罪な沈黙……………………書き下ろし
幸せってなんだっけ……イベント無料配布ペーパー（2005年10月）

愁堂れな先生、陸裕千景子先生へのお便り、本作品に関するご意見、ご感想などは
〒151-0051 東京都渋谷区千駄ヶ谷4-9-7
幻冬舎コミックス　ルチル文庫「罪な沈黙」係まで。

幻冬舎ルチル文庫

罪な沈黙

2009年11月20日　第1刷発行
2011年5月20日　第2刷発行

✦著者　愁堂れな　しゅうどう れな

✦発行人　伊藤嘉彦

✦発行元　株式会社 幻冬舎コミックス
〒151-0051 東京都渋谷区千駄ヶ谷4-9-7
電話 03(5411)6432［編集］

✦発売元　株式会社 幻冬舎
〒151-0051 東京都渋谷区千駄ヶ谷4-9-7
電話 03(5411)6222［営業］
振替 00120-8-767643

✦印刷・製本所　中央精版印刷株式会社

✦検印廃止

ISBN978-4-344-81817-0　C0193　Printed in Japan